Avertissement

Que tu aimes déjà les livres ou que tu les découvres,
si tu as envie d'avoir peur, **Chair de poule** est pour toi.

Attention, lecteur !
Tu vas pénétrer dans un monde étrange
où le mystère et l'angoisse te donnent rendez-vous
pour te faire frissonner de peur... et de plaisir !

SOUS L'ŒIL
DE L'ÉCORCHEUR

Biographie

R. L. Stine est né en 1943 à Colombus aux États-Unis. À ses débuts, il écrit des livres interactifs et des livres d'humour. Puis il devient l'auteur préféré des adolescents avec ses livres à suspense. Il reçoit plus de 400 lettres par semaine ! Il faut dire que, pour les distraire, il n'hésite pas à écrire des histoires plus fantastiques les unes que les autres. R. L. Stine habite New York avec son épouse, Jane, et leur fils, Matt.

Avis aux lecteurs

Vous êtes nombreux à écrire à l'auteur de la série Chair de poule et nous vous en remercions. Pour être sûrs que votre courrier arrive, adressez votre correspondance à :

Bayard Éditions
Série Chair de poule
3, rue Bayard
75008 Paris.

Nous transmettrons à R. L. Stine votre courrier.
Et bravo pour votre Passion de lire !

ILLUSTRATION DE COUVERTURE
JEAN-MICHEL NICOLLET

Chair de poule®

SOUS L'ŒIL DE L'ÉCORCHEUR

R. L. STINE

TRADUIT DE L'AMÉRICAIN
PAR CAROLE BEAUBRAY

PASSION DE LIRE
BAYARD POCHE

Titre original
GOOSEBUMPS series 2000 n° 19
Return to Ghost Camp

Loi n° 49-956 du 16 juillet 1949
sur les publications destinées à la jeunesse
Dépôt légal septembre 2000

ISBN : 2 227 757 45 0
ISSN : 1264 6237

1

– Pitié, ne m'envoyez pas là-bas ! Je ferai tout ce que vous voudrez…

– Dustin, nous ne reviendrons pas sur notre décision, dit papa d'un air exaspéré. Ces vacances te feront le plus grand bien.

– Si j'y vais, il va arriver quelque chose de terrible, je le sais, suppliai-je.

– Mais tu ne vas pas au bagne, Dustin, tu vas en colo ! soupira papa.

– Il va au bagne, il va au bagne ! claironna mon petit frère, Logan.

– Tais-toi, Logan !

Je m'assis par terre et regardai mon sac de voyage. Maman y avait soigneusement cousu une étiquette sur laquelle elle avait écrit mon nom au marqueur indélébile. Elle mettait mon nom sur tout ce que je portais, même sur mes sous-vêtements.

– Dustin va au bagne ! répétait Logan en sautant de plus en plus haut sur le lit.

– Ça suffit, Logan ! dis-je.
Papa saisit la pile de T-shirts posée sur mon lit et la rangea dans le sac.
Je jetai un œil sur mon poster favori, celui de Hulk Hogan, punaisé au-dessus de mon bureau, en me disant que c'était la dernière fois que je le voyais avant quatre longues semaines.

« Quatre terribles semaines à la colo, me disais-je atterré. Comment peuvent-ils me faire ça ? Je n'y survivrai jamais ! Je suis trop timide pour me faire des amis, et trop empoté pour faire du sport ! Si j'avais les muscles de Hulk, j'irais en colo sans protester. Mais je n'ai rien en commun avec lui. Je suis maigre, raide comme un piquet, nul en sport, et incapable d'écraser une mouche ! »
Des mouches. Je me demandai soudain s'il y aurait des mouches à la colo.
J'ai horreur des insectes. Et j'étais presque certain qu'il y en aurait des tas, tous plus répugnants les uns que les autres : des tiques, qui s'enfoncent sous la peau et vous sucent le sang, des moustiques, qui vous attaquent en traître…

– Euh… vous croyez qu'il y aura des insectes là-bas ? finis-je par demander.
Mes parents levèrent les yeux au ciel. Logan sauta de plus belle sur le lit.
– Il va au bagne, il va au bagne ! chantait-il.
– Papa, maman, faites-le taire !

– Dustin va au bagne ! continua mon frère. Et je pourrai avoir sa chambre !
– C'est MA chambre ! Et je t'interdis d'y mettre les pieds pendant que je ne suis pas là !
– Non, maintenant, c'est ma chambre. C'est la mienne, c'est la mienne !
Je me levai brusquement et attrapai mon frère au vol.
– Lâche-moi, Dustin ! T'as une araignée sur le bras !
Je sautai du lit et regardai mes bras, affolé. Où ? Mais où ?
– T'es vraiment qu'une mauviette, grogna Logan. C'est moi qui devrais aller en colo, pas toi !
– Logan, ça suffit, intervint ma mère. Toi aussi, tu vas partir, dans deux semaines.
– Mais pourquoi pas demain ? gémit mon frère.
– Parce que Dustin a eu la dernière place qui restait pour le séjour d'un mois, je te l'ai déjà expliqué, s'impatienta Papa. Maintenant, file dans ta chambre ! Les affaires de Dustin sont prêtes, et il faut qu'il aille se coucher.
– C'est pas juste, pleurnicha Logan en quittant ma chambre. Pourquoi c'est toujours Dustin qui a de la chance ?

« De la chance ! C'est la meilleure », pensais-je en me mettant au lit.
Je remontai la couverture sous mon menton, calai la tête dans l'oreiller et fermai les yeux.
Une heure plus tard, je ne dormais toujours pas. Je pensais à la colo : pas un seul copain de tout l'été,

une nourriture infecte, des animateurs antipathiques… voilà ce qui m'attendait !

Puis je dus m'endormir car, l'instant d'après, c'était le lendemain, et j'étais sur le pas de la porte de la maison, mes affaires à mes pieds, guettant le bus de la colonie.

Une magnifique journée s'annonçait. La pelouse était couverte d'une fine couche de rosée.

Un grand car jaune arriva bientôt en vrombissant. Je lus l'inscription peinte en grosses lettres noires : COLO DE LA PLEINE LUNE.

« Le voilà ! me lamentai-je. Et en plus, il est à l'heure. »

Le bus s'arrêta à ma hauteur. Toute la famille sortit pour me dire au revoir.

Je rangeai mon sac dans la soute, les portes du car s'ouvrirent et je montai.

Je regardai le chauffeur… Quelle horreur ! Je déglutis péniblement. Son visage était rouge, gonflé et… couvert de mouches. De vilaines plaques purulentes lui boursouflaient le front.

Et ses cheveux ! Ils bougeaient ! Ils grouillaient de mouches, des centaines de mouches qui faisaient leur nid sur son crâne.

Horrifié, je regardais ce spectacle immonde quand une mouche atterrit sur son nez, et se mit à le piquer furieusement, jusqu'à ce que le sang perle.

Sans que j'aie pu faire le moindre geste, l'homme s'extirpa de son siège et s'approcha de moi. Ses mains étaient gantées de noir. Non, ce n'étaient pas des gants ! Ses mains étaient couvertes de mouches, elles aussi.

– Tu vas à la colo de la Pleine lune ? grogna-t-il.

Il me saisit fermement avec ses doigts grouillants d'insectes.

– Lâchez-moi ! hurlai-je.

J'essayais de me dégager de son étreinte quand une nuée de mouches s'envola de ses mains… pour atterrir sur mes bras. Je sentis ma peau brûler sous le feu des piqûres.

2

– Aaaaah ! Laissez-moi partir !

Je réussis à me dégager, et me mis à écraser les mouches. Je me frottai les bras frénétiquement, mais les insectes continuaient de me piquer. J'agitai les bras comme un fou.

– Enlevez-les de là ! hurlai-je. Enlevez-les, enlevez-les, bon sang !

Quelqu'un m'agrippa fermement l'épaule :

– Tout va bien, Dustin, tout va bien.

J'ouvris les yeux. Maman, penchée au-dessus de moi, tentait de me réveiller.

– Tu as fait un mauvais rêve, dit-elle doucement.

– Ce n'était pas un rêve, criai-je en me redressant, c'était un cauchemar. Un horrible cauchemar ! J'ai vu le chauffeur du car, il était couvert de mouches !

Maman s'assit sur mon lit :

– Dustin, tu fais des cauchemars à propos de tout et n'importe quoi. Il faut que tu te calmes un peu et que tu te raisonnes.

– Mais je ne fais pas exprès. Je suis comme ça, c'est tout !

– Eh bien, voilà une bonne occasion pour changer ça. Tu vas dans une super colo, avec des jeunes que tu ne connais pas. Essaie d'être différent, plus courageux. Le courage, ce n'est qu'une question de volonté, déclara-t-elle.

– Oui, bien sûr, murmurai-je, les essaims de mouches toujours à l'esprit.

« Quelqu'un d'autre, quelqu'un de courageux, marmonnai-je quand le car arriva devant la maison. Je vais être différent, moins peureux. »

Le car s'arrêta au bord du trottoir. Lorsque les portes s'ouvrirent, je me souvins de mon cauchemar. Je retins ma respiration jusqu'à ce que je puisse apercevoir la tête du chauffeur.

C'était un homme, qui portait un jean et un T-shirt avec l'inscription en jaune « Colonie de la Pleine lune ». J'examinai son visage, ses cheveux blonds, et enfin ses mains : pas le moindre insecte. Je lâchai un soupir de soulagement.

– Monte donc, dit-il avec un grand sourire.

Il chargea mes affaires, et le car se mit en marche.

Il était bondé d'enfants qui rigolaient entre eux. Beaucoup semblaient déjà se connaître. Je me dirigeai au fond pour m'asseoir et étudier tous ces inconnus. Je me demandais déjà si l'un d'entre eux accepterait de devenir un copain…

– On a encore quelqu'un à prendre, et puis direction

la colo de la Pleine lune ! annonça le chauffeur.

Tout le monde applaudit.

Un peu plus loin, le car stoppa, les portes s'ouvrirent pour laisser monter un garçon d'environ douze ans. Il portait un short kaki, un T-shirt noir et des baskets noires.

Ses cheveux disparaissaient sous une casquette de base-ball, qu'il portait à l'envers. Son visage était couvert de taches de rousseur, il avait de grands yeux verts. Il avait à peu près mon âge, et devait aussi faire le même poids que moi. Mais lui, il était bien musclé.

Il vint s'asseoir à côté de moi.

– Salut, je m'appelle Ari Davis, me dit-il.

– Moi, c'est Dustin Minium.

Nous commençâmes à discuter. Il avait l'air vraiment sympa. Il faisait du sport, ce qui expliquait son physique d'athlète. C'était la première fois qu'il venait à la colo de la Pleine lune, tout comme moi.

– Tu sais, je suis très fort en blagues, m'annonça-t-il au bout d'un moment.

Et il me débita une série d'histoires drôles.

Ses blagues n'étaient pas fameuses, mais je ris quand même. Ça avait l'air de lui faire plaisir de me les raconter.

– Ça t'arrive de faire des farces ? demanda-t-il en ôtant sa casquette.

– Non, jamais, avouai-je.

– Tu ne sais pas ce que tu perds ! Moi, je passe ma vie à en inventer. J'en ai fait une super bonne l'autre jour au collège : j'ai enlevé les charnières de l'armoire à fournitures dans la salle d'arts plastiques. Quand le prof a voulu ouvrir la porte, elle lui est restée dans la main ! s'esclaffa-t-il.

J'éclatai de rire avec lui.

– Tu as dû avoir des problèmes !

– Non, pas cette fois. Mais une autre fois, je me suis fait prendre : j'avais mis de la glu sur le tiroir du bureau du prof, il ne pouvait plus l'ouvrir, tu imagines !

Je regardai par la vitre. Nous étions en rase campagne. Nous roulions depuis au moins deux heures ; je n'avais pas vu le temps passer et ne me souciais plus de la colo. Les blagues d'Ari m'avaient remonté le moral.

– Hé, j'ai une idée, me dit Ari alors que le chauffeur annonçait qu'on allait bientôt arriver. Si on faisait une farce aux animateurs ?

– Quel genre de farce ?

– On pourrait échanger nos identités. Tu seras moi, et je serai toi. Ça sera marrant de tromper tout le monde !

– Je ne sais pas si c'est une bonne idée…, répondis-je d'une petite voix.

– Allez, on va bien rigoler ! insista Ari en me pinçant gentiment le bras.

« Attends une minute, me dis-je. Après tout, ce n'est peut-être pas une si mauvaise idée : maman m'a dit d'essayer d'être différent, plus courageux. Peut-être qu'en prétendant être quelqu'un d'autre, je réussirai à être différent ! »

– D'accord, fis-je, soudain excité par sa proposition.

Nous eûmes juste le temps d'échanger nos blousons et nos sacs avant que le car s'engage dans une allée bordée d'arbres, sur une colline verdoyante.

– Nous y sommes, lança le chauffeur. Terminus : colonie de la Pleine lune, tout le monde descend !

En quittant le car, Ari me donna sa casquette, et je la mis comme lui, à l'envers.

« Maintenant je suis Ari, pensai-je en descendant les marches. Je suis Ari. Mais est-ce qu'on peut vraiment devenir quelqu'un d'autre ? »

3

– Jolie casquette, mon garçon !

L'homme qui venait de s'adresser à moi me donna une claque dans le dos qui me fit perdre l'équilibre. Il remit ma casquette à l'endroit, manquant de me dévisser la tête.

– Qui c'est ? murmurai-je à Ari lorsque l'inconnu s'éloigna.

– C'est Oncle Lou, le directeur de la colo. J'ai vu sa photo dans le prospectus.

Oncle Lou avait l'air plus âgé que mon père. Une paire de petites lunettes était posée au milieu de son long nez. Il avait une moustache bien fournie et d'épais sourcils… Son crâne était chauve, mis à part quelques petites touffes au-dessus des oreilles. Il portait le même T-shirt que le chauffeur du car, qui moulait son énorme ventre, un short kaki, et des sandales avec des chaussettes blanches qui lui arrivaient aux genoux. Le bloc-notes qu'il portait autour du cou reposait sur son ventre.

– Bon, écoutez-moi bien, dit-il en haussant la voix. Il y a une place pour chaque chose, et chaque chose doit être à sa place, vous voyez ce que je veux dire ?
Silence général.
– Les anciens de ce côté, les petits nouveaux de l'autre.
– On est quoi, nous ? chuchotai-je à Ari.
– On doit être les « petits nouveaux ».
Alors que tout le monde rejoignait son groupe, je regardai alentour. Non loin s'étendait un lac d'un bleu profond, bordé de petits cabanons de bois peints en vert. Un bateau de plongée était amarré à l'extrémité du lac, et de l'autre côté, six canoës.
Il y avait un bâtiment en dur, sans doute le réfectoire, flanqué d'un terrain de base-ball. Le site était entouré d'une forêt ; sur quelques arbres, on pouvait voir des cibles de fléchettes.
– Suivez-moi, ordonna Oncle Lou en se dirigeant vers le lac.
Le sol était tapissé d'aiguilles de pin qui embaumaient l'air.
Il s'arrêta devant l'alignement de cabanons et commença à nous appeler un par un pour nous distribuer des chambres.
– Celui qui va tomber là n'aura vraiment pas de chance, me dit Ari en désignant un cabanon isolé dans le bois et à moitié effondré.
Les vitres étaient brisées et il manquait quelques planches au toit. Sur un panneau posé de travers on pouvait lire : « Cabanon Cherokee ».

– Dustin Minium, appela le directeur.

J'allais répondre, mais Ari ne m'en laissa pas le temps.

– C'est moi, dit-il en levant le bras.

Oncle Lou vérifia sa liste et désigna le cabanon isolé :

– Cabanon Cherokee.

Ari laissa échapper un grognement.

– Les nouveaux se retrouvent toujours dans ce cabanon, c'est le pire de tous, nous confia un garçon roux.

« C'est bien ma veine, pensai-je, je vais sûrement me retrouver là moi aussi. »

– Peut-être que ce n'est pas si terrible à l'intérieur, avançai-je en regardant le cabanon biscornu.

– Tu rêves ! C'est pire ! renchérit le garçon.

Ari grogna de nouveau.

– Noah Ward ! appela Oncle Lou.

– Cabanon Apache, je parie ? dit le garçon roux.

– Gagné !

– J'en étais sûr, me dit Noah, ça fait tellement longtemps que je viens, c'est normal que j'aie le meilleur cabanon !

– Ari Davis !

Je levai la main.

– Voyons voir…, dit Oncle Lou en consultant ses fiches. Ah, j'y suis ! Cabanon Apache.

Quoi ? Je n'osais croire à ce que je venais d'entendre.

– Mais comment tu as fait pour avoir le meilleur cabanon ? râla Ari. Tu es nouveau, toi aussi !

– Je… je ne sais pas.
Ari lança un regard envieux en direction du cabanon Apache. C'était le plus proche du réfectoire. Le toit était fraîchement repeint, il y avait même des volets et une petite véranda.
« C'est pas juste pour Ari, me dis-je. J'aurais dû être dans le cabanon Cherokee, comme lui. »
Mais il ne me proposa pas d'arrêter notre jeu, et je ne dis rien non plus.
– Alors, c'est toi, Ari Davis ? s'exclama Noah en me donnant une claque dans le dos. Génial !
Il se tourna vers ses deux copains :
– Ben, Jason ! Eh, les gars ! On a Ari avec nous !
– Super ! dit Ben, un garçon petit et trapu aux cheveux bruns tout frisés. Et il me tapa dans le dos.
– Ari, c'est toi le meilleur ! dit Jason.
Il était bâti comme un basketteur et dépassait tout le monde d'au moins une tête.
– Ari ! Ari ! se mirent à scander les trois garçons.
« Mais qu'est-ce qu'il leur arrive ? » me demandai-je. Décontenancé, je croisai le regard d'Ari, qui n'avait pas l'air content du tout.
J'étais prêt à tout arrêter, aller trouver Oncle Lou et tout lui dire à propos de notre changement d'identité, à Ari et à moi.
– Oncle Lou…, commençai-je en m'approchant de lui.
Mais avant que je réalise ce qui m'arrivait, je me retrouvai hissé sur les épaules de mes nouveaux camarades.

– Ari ! Ari ! criaient-ils.

Ahuri, je me fis porter jusqu'à notre cabanon.

« Mais que se passe-t-il à la fin ? Pourquoi sont-ils si contents de voir Ari ? »

4

– C'est bien comme cabanon !

Les garçons me laissèrent descendre de leurs épaules et je pus inspecter l'endroit : deux lits superposés, de quoi ranger ses affaires et des posters.

– Et où est le lit du moniteur ?

– Ici, pas de mono pour nous surveiller, répondit Noah. Je te l'ai dit, c'est le meilleur cabanon.

– Dommage pour ton copain Dustin ! enchaîna Jason. Il va être dévoré par les moustiques !

– C'est pas les moustiques, le plus terrible, déclara Noah. Le pire, c'est les tiques.

« Des moustiques, des tiques ? Ari doit me maudire à l'heure qu'il est ! Bah ! Après tout, c'était son idée, pas la mienne », me dis-je pour me déculpabiliser.

– Ari, donne-moi tes affaires, je vais t'aider à t'installer, dit Ben en s'emparant de mon sac. On t'a réservé le meilleur placard.

Je n'en croyais pas mes yeux : il prit mes affaires et les rangea soigneusement sur les étagères.

« Mais qui sont ces types ? Est-ce qu'ils sont aussi sympa avec tout le monde ? »
Pendant qu'ils s'activaient, je visitai la chambre. Les lits du haut étaient vraiment bien, il y en avait même un qui donnait sur une fenêtre. Ceux du bas n'étaient pas mal non plus, mais un des deux était dans un renfoncement.
« Ça sera sûrement le mien, je suis le nouveau, donc j'aurai la moins bonne place. »
Mais ça m'était égal, vu l'accueil que j'avais eu jusqu'ici. Je m'assis donc sur ce lit-là.
– Mais tu ne peux pas dormir là ! protesta Jason.
– Désolé, dis-je en me relevant.
– Toi, tu dormiras là.
Il désigna le lit du haut avec la petite fenêtre :
– C'est la meilleure place.
– Tu… tu es sûr ? bégayai-je.
– Sûr et certain, répondit Ben. T'es notre pote !
Ils arrêtèrent de ranger pour me donner chacun une claque dans le dos.
– Tiens, Ari, attrape ça, dit Jason en me lançant un bonbon.
Il me guida vers un coffre :
– Regarde dedans.
À ma grande surprise, je constatai qu'il était rempli de bonbons, chips et gâteaux.
– Tout ça, c'est pour toi, me dit Jason.
– Quoi ? Tout ça pour moi ? dis-je, stupéfait.
– Ouais, dit Jason, qui plongea ses mains dans le coffre et en retira une poignée de bonbons. Tu es

l'élu. Tu n'as qu'à demander et tu auras tout ce que tu voudras.
– Tout ce que tu voudras, répéta Ben.
– On n'en revient pas que tu sois avec nous. Quelle chance !
– Mais… je ne comprends pas. Pourquoi êtes-vous si contents ? Qu'est-ce que j'ai de spécial ? finis-je par demander.
Le silence se fit dans la pièce. Leurs sourires s'évanouirent. Plus personne ne bougeait ; on aurait pu entendre une mouche voler. Ils étaient là, figés, à me fixer bizarrement.
Jason baissa les yeux. Ben, immobile, croisa les bras. J'entendais le tic-tac de ma montre. Les mains dans les poches, je me balançais d'un pied sur l'autre, attendant que quelqu'un veuille bien rompre le silence.
Enfin, Noah prit la parole :
– Mais… tu sais pourquoi tu es là, pas vrai ? Tu sais ce que tu es censé faire, hein, Ari ?
Je les regardai, le cœur battant. Quelle réponse attendait-il ?
– Euh… bien sûr, finis-je par dire.
– Super, dit Ben, qui décroisa les bras.
Leur bonne humeur revint aussi soudainement qu'elle avait disparu. Jason me tendit une canette de soda, et ils finirent de déballer leurs affaires en plaisantant et en mangeant des bonbons.
Je m'assis sur mon lit et les regardai, médusé.
Que voulaient-ils dire ? Qu'étais-je censé faire ?

5

– Alors, quel est le programme ? demandai-je à Noah.
– Tu vas voir, c'est une surprise, répondit-il.
Noah, Ben et Jason passèrent devant et nous pénétrâmes dans le bois. Il faisait nuit à présent, et l'obscurité était presque totale.
– Attendez, je vais chercher ma lampe de poche, proposai-je.
– Pas la peine, on connaît le chemin, répondit Ben.
– Et où va-t-on ? dis-je une nouvelle fois en essayant de cacher la peur qui me gagnait.
– Tu verras bien. Ne t'arrête pas ! dit Jason.
Nous fîmes le tour du lac. J'entendais le bourdonnement des insectes, mais il faisait tellement noir que je ne pouvais les voir. On sentait leur présence partout : dans les branches des arbres qui bruissaient, dans l'herbe. J'entendais chuinter, bourdonner… J'écrasai un moustique qui me tournait autour.
« Mais où m'emmènent-ils donc ? » pensai-je. Mon

cœur battait de plus en plus fort.
Au bout d'une heure de marche dans le noir, nous arrivâmes… au réfectoire. Alors que nous contournions le bâtiment, j'aperçus une lueur orange dans la nuit. Je laissai échapper un soupir de soulagement :
– Regardez, il y a un feu de camp !
– C'est une tradition à la colo de la Pleine lune, m'expliqua Ben. On fait toujours un feu de camp le premier soir.
Tous les participants étaient réunis autour du feu. Oncle Lou était là lui aussi. Des enfants étaient assis près du feu, d'autres plus loin, dans l'herbe, à manger des hot dogs et à boire du jus d'orange. À côté, on avait dressé une grande table avec des tonnes de nourriture. Je cherchai Ari du regard, mais, dans la foule, je ne parvins pas à l'apercevoir.
– Assieds-toi là, me dit Noah en désignant un rocher, on va te chercher à manger.
– Je viens avec vous, proposai-je, l'air détendu. Plus on est de fous, plus on rit !
En réalité, je ne voulais pas rester seul.
– Pas question, déclara Noah. On te rapporte tout ce qu'il faut.
Je m'assis sur le rocher, résigné, et attendis, un peu inquiet, que mes camarades reviennent. Ils ne furent pas longs : peu de temps après, je les vis arriver avec des hot dogs, des frites, du jus de fruits. J'avais à peine terminé mon premier hot dog que Noah se précipita pour m'en servir un autre. Ils me dévisageaient pendant que je mangeais.

– Tout va bien ? Tu veux plus de moutarde ? me demanda Ben.
– Non, merci !
S'ils continuaient comme ça, j'allais prendre de mauvaises habitudes et devenir un véritable enfant gâté !
Alors que je mordais dans mon second hot dog, une énorme guêpe vint se poser dessus. Je faillis crier, mais les garçons continuaient de me dévisager et je me retins. Mon cœur battait à tout rompre. J'essayai de me calmer ; j'inspirai profondément et chassai l'insecte. Mais une autre guêpe se mit à tourner autour de nous, puis une autre.
Bientôt, elles furent des dizaines à vrombir au-dessus de ma tête, comme si quelqu'un les avait dérangées dans leur nid et qu'elles venaient se venger, très en colère. Elles fondaient sur la nourriture, les jus de fruits, les frites. J'étais en train de vivre un cauchemar ! Je n'avais qu'une envie : m'enfuir.
« Calme-toi, me dis-je. Tu es Ari, maintenant. Tu n'as pas peur des guêpes, tu n'as pas peur... »
– Ari !
Sauvé ! C'était le véritable Ari qui m'appelait. Il arrivait vers nous en se grattant nerveusement les bras et les jambes.
– Dustin ! Je t'ai cherché tout à l'heure, fis-je, soulagé d'être tiré d'affaire.
J'abandonnai mon hot dog aux guêpes et je courus à sa rencontre.
– Ari, dit Noah, on va t'apporter à boire.

– Et des chamallows, ajouta Jason. Tu les aimes comment ? Bien brûlés et croustillants, ou bien moelleux ?
– Euh, croustillants, ça me va, répondis-je tandis qu'ils s'éloignaient.
– Il fait griller tes chamallows ? demanda Ari, abasourdi. Écoute, Dustin, je crois que ce n'était pas une si bonne idée que ça, finalement. Je veux qu'on change.
Il se gratta furieusement la joue.
– On ne peut pas continuer encore un peu ? dis-je, déçu. Je commence à peine à m'amuser !
Ari secoua la tête :
– Ce n'est pas juste ! Je suis tombé dans un vrai taudis, il y a un trou dans le toit, ça sent le moisi et les matelas grouillent d'insectes.
Cette fois, il se gratta la tête. Je reculai d'un pas.
– Je sais bien que ce n'est pas juste. On changera, mais laisse-moi en profiter encore quelques jours. S'il te plaît, sois sympa, le suppliai-je.
– D'accord, soupira Ari. Mais juste quelques jours, alors.
Il observa avec envie les garçons qui me préparaient une assiette de victuailles.
– C'est moi qui devrais être traité comme un roi, pas toi, se plaignit-il. Pourquoi sont-ils tous les trois à tes pieds ?
– Je n'en sais rien.
– Dustin, on y va ? lança un garçon derrière eux.
– Oh, la barbe ! C'est Melvin, il veut absolument me

montrer sa collection de lacets, gémit Ari.
Il s'éloigna.
Je me rassis en attendant les autres. Mon regard s'arrêta sur un garçon que je n'avais pas remarqué et qui s'empiffrait de frites. Deux guêpes se posèrent sur son assiette. Il les fixa, un étrange sourire aux lèvres. D'un geste vif, il les enferma dans sa main. Le poing serré contre son oreille, il resta à écouter le bourdonnement des insectes prisonniers. Puis il approcha sa main de sa bouche… et les avala !

6

Je clignai des yeux. Avais-je été victime d'une hallucination? Est-ce que ce garçon avait réellement *avalé* des guêpes?

Je secouai la tête. Impossible! Il n'avait pas pu le faire, personne ne pouvait faire une chose pareille. Ça devait être des morceaux de hot dog.

Je n'eus pas le temps d'y réfléchir davantage, car Oncle Lou battit le rappel:

– Allez, venez tous autour du feu! Vous savez ce qu'on dit: le temps n'attend pas, alors on y va!

Je suivis le mouvement et m'assis devant le feu. Les flammes semblaient s'élever jusqu'au ciel, et les bûches crépitaient joyeusement.

Je me sentis mieux et respirai profondément.

« Après tout, cette colonie n'a pas l'air si nulle que ça. Du moins, tant que je suis Ari », pensai-je.

– Bon, maintenant c'est l'heure de notre traditionnel chant de bienvenue, annonça Oncle Lou.

Il remonta son short puis siffla longuement.

Tout le monde se mit debout, leva la tête et hurla à la lune d'une même voix.
– Pour les nouveaux, hip, hip, hip… hourra !
Ari, qui était assis derrière moi, murmura à mon oreille :
– Quel accueil ! Moi qui pensais que nous allions être bizutés…
– Et une ovation pour Ari Davis ! lança Oncle Lou.
– Ari, Ari, Ari ! reprit l'assemblée en chœur.
Le rouge me monta aux joues. Une ovation pour moi ?
– Ari, Ari, Ari ! hurlèrent-ils de plus belle en exécutant une drôle de danse.
Mais qu'est-ce qu'il leur prenait ?
– C'est moi qu'ils devraient fêter ! Ce n'est pas juste, se plaignit Ari.
– On échange bientôt, lui promis-je.
Oncle Lou s'assit sur un banc près du feu et réclama le silence.
– Il va nous raconter une histoire, déclara Ben.
Le calme se fit progressivement.
– Quelle histoire ? demandai-je.
Mais je n'eus pas le temps d'entendre sa réponse, car un bruissement venant des bois attira mon attention.
Il y avait quelque chose.
J'aperçus un scintillement rougeâtre dans l'obscurité. Des yeux d'animaux ! Puis il y eut un flash, et une autre paire d'yeux.
Une douzaine d'yeux rouges brillaient bientôt dans les bois, et nous observaient.

J'ignorais ce que c'était ; mais nous étions encerclés. Que se passait-il ici ? Un frisson me parcourut l'échine.

7

– Je vais vous raconter la légende de l'Écorcheur, commença le directeur.

Le silence s'installa ; on n'entendait plus que le crépitement du feu. Oncle Lou se mit à parler d'une voix grave. Tout le monde était assis et écoutait religieusement.

Je ne pouvais m'empêcher de regarder vers le bois, vers tous ces yeux qui rougeoyaient à travers les arbres. Je voulus interroger les garçons sur cette étrange présence, mais ils semblaient tous captivés par l'histoire d'Oncle Lou.

J'essayai de chasser de mon esprit ces yeux rouges et me concentrai sur le récit dont j'avais raté le début.

La voix d'Oncle Lou se fit plus grave :

– Il apparaît les soirs de pleine lune…

– De qui parle-t-il ? demandai-je à Noah tout bas.

– Chut ! m'intima Noah, un doigt sur ses lèvres. Écoute bien…

Oncle Lou ferma les yeux :

– Remontons dans le temps jusqu'à un beau jour de juillet, il y a vingt-cinq ans. C'était l'ouverture d'une toute nouvelle colonie. Les gens du coin disaient qu'elle n'aurait jamais dû voir le jour… Ils connaissaient le danger, mais personne ne les a écoutés.
Les jeunes affluèrent toute la journée. Ils déballaient leurs affaires, heureux d'être là, discutant du feu de camp qui devait avoir lieu le soir même en l'honneur de leur arrivée. Et c'était un grand jour pour Johnny Grant : sa première colonie de vacances. « Amuse-toi bien ! On se revoit dans un mois ! » lui avait dit son père.
Sa mère l'avait serré dans ses bras. Elle ignorait ce qui allait arriver. Comment aurait-elle pu deviner ? Personne ne savait.
J'entendis Ari demander :
– Qu'est-ce qu'ils ignoraient ?
Quelqu'un lui fit signe de se taire.
– Puis le jour déclina, poursuivit Oncle Lou. Il faisait chaud, cette nuit-là, la lune était pleine et brillait intensément, se reflétant dans le lac.
À ces paroles, je jetai un œil vers le lac et déglutis. Il brillait, il brillait vraiment ! « C'est seulement une histoire », tentai-je de me rassurer. Mais je ne pus réprimer un frisson.
– Tout le monde était réuni autour du feu de camp, à manger des chamallows. Les enfants étaient heureux d'être les premiers participants de cette colonie.
Un léger murmure parcourut l'assemblée. Oncle Lou attendit que le silence revienne pour continuer :

– Lorsque le feu se fut entièrement consumé, les moniteurs allumèrent des torches. Tout le monde chantait, et personne n'entendit les renards qui s'approchaient silencieusement. Tapis dans l'ombre des arbres, ils fixaient les campeurs de leurs yeux brillants.

Je pensai aux lueurs que j'avais aperçues dans les bois. J'étais tétanisé et n'osais pas regarder dans leur direction. Mon regard était rivé à Oncle Lou.

Il reprit son souffle :

– Johnny Grant, tout à sa joie d'être là, s'éloigna pour visiter le camp. Plusieurs enfants le virent se diriger vers le bois, mais personne ne le rappela ni ne l'arrêta. Soudain, un cri horrible déchira la nuit : « À l'aide ! »

Tout le monde se précipita. Ils découvrirent des renards, des dizaines de renards. Et parmi eux, l'Écorcheur. Les gens du coin connaissaient l'existence de cette créature diabolique qui empruntait la forme d'un renard. Elle se cachait parmi eux, et rôdait dans les bois, à la recherche de sa prochaine victime. Maintenant, Johnny savait. Il avait vu la créature de ses propres yeux. C'était son premier jour de colo… et aussi le dernier. On ne l'a jamais revu.

Oncle Lou s'arrêta un instant.

– Méfiez-vous de l'Écorcheur, reprit-il. Il peut prendre n'importe quelle apparence. Et il vous observe sans cesse.

Il secoua la tête, comme pour chasser de sombres pensées :

– Voilà, c'est fini.
L'assemblée ne disait mot. Tout le monde avait l'air terrifié. Mais pourquoi ? J'avais peur, moi aussi, mais ces légendes-là sont justement faites pour faire peur.
– Oncle Lou a vraiment le don de raconter les histoires horribles ! dit quelqu'un.
– Faites attention, celle-ci est vraie, nous avertit un moniteur d'une voix grave. Chaque année, quelqu'un disparaît, emporté par l'Écorcheur, et on ne le revoit jamais.
– Ouais, c'est ça, ricana un type. Regardez-moi, je suis mort de trouille !
Quelques enfants éclatèrent de rire, mais on sentait bien que le cœur n'y était pas.
Bientôt le groupe se dispersa pour aller se coucher.
Je regardai le feu mourir. Alors que je me levai pour m'éloigner à mon tour, soudain quelqu'un me tira violemment en arrière. Je voulus hurler, mais une main se plaqua sur ma bouche.

8

– Lâchez-moi !

J'essayai de crier, mais la pression sur ma bouche se fit plus forte. J'eus beau me débattre, rien n'y fit ; je me retrouvai entraîné dans les bois, loin du feu de camp.

– C'est bon, lâche-le ! ordonna une voix.

On me libéra, et je me retrouvai nez à nez avec… Jason, Ben et Noah.

– Désolé, Ari, j'espère que je ne t'ai pas fait mal, s'excusa Jason.

Je tremblais de tous mes membres.

– Pourquoi m'avez-vous traîné jusqu'ici ? criai-je en tentant de cacher ma peur.

– On voulait te parler à l'abri des oreilles indiscrètes, expliqua Noah en jetant un regard inquiet autour de lui.

– Qu'est-ce qui se passe ?

– Nous devons te parler de l'Écorcheur.

– Quoi ? C'est une blague ! Vous n'y croyez pas,

quand même ?
– Ne dis pas ça ! protesta Ben.
– Mais… c'est une histoire à dormir debout ! m'exclamai-je.
– Tu nous fais marcher, sourit Jason.
Je les regardai sans comprendre. Noah se planta devant moi.
– Cet après-midi, tu nous as bien dit que tu savais ce que tu avais à faire ? demanda-t-il en fronçant les sourcils.
Il semblait très tendu.
– Ne sois pas si dur ! intervint Jason. Bien sûr qu'il sait ce qu'il doit faire, pas vrai, Ari ?
– Tu sais, oui ou non ? demanda Noah.
Mais de quoi parlaient-ils, à la fin ? Je sentis mon cœur cogner dans ma poitrine. Je reculai et me retrouvai adossé à un arbre. Les garçons se rapprochèrent, tout à coup menaçants.
Je jetai un regard affolé autour de moi ; la forêt était plongée dans l'obscurité, et nous étions seuls. « Qui va m'entendre si je hurle ? »
– Tu es l'élu, déclara Ben d'un ton solennel.
Ils continuaient à s'approcher de moi. Alors, je m'élançai, et courus aussi vite que mes jambes me le permettaient, vers le lac et les cabanons. Mais je ne voyais rien d'autre que des arbres.
Les moustiques pullulaient, je les entendais et sentais leurs piqûres dans mon cou. Je courais sans relâche, haletant, traversant des nuées d'insectes qui pénétraient dans mes oreilles et ma bouche.

Soudain, une douleur intolérable m'obligea à m'arrêter. Un point de côté ! Ce n'était pas le moment ! Je repris ma respiration et massai mon flanc droit.
Une brindille craqua derrière moi. Mon sang se glaça. Je me retournai prudemment… pour me retrouver face à un renard.
L'animal avait l'air affamé et me fixait de ses yeux étincelants.

9

Je reculai sans quitter l'animal des yeux.
« L'Écorcheur ! » Les idées se mélangeaient dans ma tête.
« Ce n'est qu'une histoire, une histoire inventée de toutes pièces pour effrayer des gamins en colo, comme moi », tentai-je de me rassurer.
Derrière les arbres apparurent d'autres yeux luisants ; et bientôt, toute la forêt scintillait. Les renards me cernaient ! L'étrange lueur se faisait de plus en plus forte. L'une des paires d'yeux attira mon attention, car elle rougeoyait intensément. L'Écorcheur ?
« Ce n'est qu'une histoire », me répétais-je désespérément.
Mon cœur battait à cent à l'heure, j'étais trempé de sueur. Je voulus courir, mais un horrible glapissement me cloua sur place. Un renard bondit en avant, toutes griffes dehors. Je poussai un hurlement de terreur. Il gronda et, gueule grande ouverte, se rua sur moi.

10

Je sentis les griffes de l'animal lacérer mon T-shirt.
– À l'aide ! hurlai-je à pleins poumons.
Le renard retomba sur ses pattes, prêt pour un nouvel assaut. Derrière lui, j'en distinguai des dizaines d'autres, menaçants et affamés.
– Au secours ! Aidez-moi ! criai-je de plus belle.
Mais ma voix était couverte par les glapissements des bêtes.
Le renard chargea de nouveau, et cette fois il me plaqua au sol. Puis la horde, toutes dents dehors, se rua sur moi. Je hurlai, essayant de me dégager de toutes mes forces.
– Tiens bon, Ari !
C'était la voix de Noah. Je le vis apparaître de derrière les arbres, armé d'une branche avec laquelle il tentait d'effrayer les bêtes. Les renards s'enfuirent en grognant. Après s'être assuré qu'il n'y avait plus aucun danger, il m'aida à me relever. Je tenais à peine sur mes jambes et m'agrippais à lui.

– Est-ce que ça va ?
Je ne pus que constater les dégâts : mon T-shirt était en lambeaux, et j'étais couvert de terre.
– Ari, il ne fallait pas t'éloigner ! Tu n'es pas encore prêt à affronter l'Écorcheur, dit Noah en secouant la tête.
Je me sentais très faible, mes jambes semblaient en coton, et je ne comprenais rien à ce qu'il me disait. Je m'appuyai à un arbre :
– Noah, de quoi tu parles ?
– Alors… tu ne sais vraiment pas ! dit-il, surpris. Tu ne sais pas ce que ça signifie d'être l'élu ?
– Mais non ! Je ne vois pas de quoi tu parles ! Alors explique-toi, tout de suite !
– Bon, bon, puisque tu y tiens ! Tu as été choisi, Ari. Cette année, la victime de l'Écorcheur…, c'est toi !

11

– Tu plaisantes, j'espère ?

Il ne répondit pas.

– Noah, c'est une sorte de bizutage, n'est-ce pas ? insistai-je.

Il secoua la tête et se mit à marcher. Je l'attrapai par l'épaule.

– Attends ! Dis-moi la vérité, je t'en prie !

Il me regarda droit dans les yeux :

– Ari, je viens de te le dire : l'Écorcheur existe. Il lui faut une victime chaque année. Et cette année, c'est toi, dit-il doucement en s'éloignant.

Je le suivis, et nous fîmes chemin en silence. Lorsque nous arrivâmes à l'orée du bois, j'aperçus le lac qui scintillait étrangement au clair de la pleine lune. Exactement comme dans l'histoire d'Oncle Lou.

Et les renards avec leurs yeux rouges ? Ça aussi, c'était dans son histoire !

« Est-ce que cette histoire est réelle ? me demandai-je. Ari est-il vraiment la prochaine victime ? Mais je

ne suis pas Ari ! »
Maintenant, je n'avais plus le choix, il fallait leur dire la vérité.
– Salut, tout le monde, lança Noah en entrant dans le cabanon.
– D'où tu sors ? demanda Ben en voyant mes habits déchirés.
Jason me tendit un Coca. Mes mains tremblaient en décapsulant la canette.
– Il faut que je vous dise quelque chose, annonçai-je aux garçons.
Ils étaient là, à attendre la suite.
– Je ne suis pas Ari, avouai-je d'une voix blanche.
Je leur racontai tout : ma rencontre avec Ari dans le car, et sa proposition d'échanger nos identités.
– Ari pensait que ce serait une bonne blague, et moi aussi. Mais maintenant, ce n'est plus drôle.
Personne ne disait rien ; tous trois se contentaient de me fixer durement.
– C'est ça, tu es Dustin, et moi, je suis Oncle Lou, ricana enfin Noah.
Il attrapa un oreiller, qu'il fourra sous son T-shirt :
– Tu vois, c'est moi, Oncle Lou !
Jason en recracha son Coca, tellement il riait.
– Attends une minute, coupa Ben, tu ne peux pas être Dustin !
– Et pourquoi ?
– Parce que c'est moi, Dustin. Tu vois ? Je suis Dustin ! dit-il en se grattant partout et faisant mine de chasser des insectes imaginaires.

– Arrêtez ! criai-je. Je suis sérieux !

– Écoute, Ari, commença Noah en me prenant par les épaules, il faut que tu sois courageux.

– Mais puisque je vous dis que je ne suis pas Ari ! Il faut me croire, c'est la vérité !

– Désolé, tu ne t'en sortiras pas comme ça. On ne peut pas tromper l'Écorcheur en prétendant être quelqu'un d'autre !

Je soupirai. Il était évident qu'ils pensaient que je leur avais menti.

Nous nous mîmes au lit, et Ben éteignit la lumière.

– Eh, Oncle Lou, rends-moi mon oreiller, lança Jason à Noah.

Il n'en fallait pas plus pour qu'une bataille d'oreillers sans merci s'engageât dans le cabanon. Pendant que tout le monde s'amusait, je tentai de trouver le sommeil. Finalement, les garçons arrêtèrent, essoufflés, et se recouchèrent.

Quant à moi, je tournai et retournai le problème dans ma tête.

« Demain matin, j'irai voir Ari et je lui dirai que le jeu est fini. Après tout, c'est lui qui a proposé cette farce stupide ! Et il voulait être dans un cabanon acceptable ! Il en a marre, lui aussi, alors on arrête tout. »

Je fermai les yeux. Impossible de m'endormir.

Soudain, un bruit venant du dehors me fit dresser les cheveux sur la tête. C'était un grattement ; d'animal sans doute. Une bête grattait à la fenêtre. Étaient-ce des renards ou bien… l'Écorcheur ?

J'enfouis ma tête sous la couverture.
« Demain, j'échange avec Ari, et tout redeviendra comme avant. »
Je ne fermai pas l'œil de la nuit. Je savais que je ne retrouverais le sommeil qu'une fois cette histoire stupide terminée.

12

– Bon, Ari, ça suffit maintenant, on arrête notre petite plaisanterie !

Nous étions au réfectoire pour le petit déjeuner. Ari s'empiffrait de tartines. Moi, je n'avais pas faim du tout.

– Tu entends ? On arrête !

– Pas question, cours toujours ! Je suis Dustin.

– Mais qu'est-ce que tu racontes ! m'exclamai-je. Hier, tu voulais qu'on arrête !

Ari engloutit deux autres tartines ; la confiture dégoulinait sur son menton.

– Je suis Dustin maintenant, et je le reste.

Il se leva, son assiette à la main :

– Je reviens ! Je vais chercher d'autres tartines.

Je commençais à paniquer. Qu'est-ce qui lui prenait ? Pourquoi avait-il changé d'avis ?

Il revint bientôt avec une assiette pleine. Je le regardai manger.

– Ça y est ! J'ai compris ! Tu as entendu parler de

cette histoire d'Écorcheur, et tu penses que tu es la prochaine victime ! lançai-je.
– Je ne vois pas de quoi tu parles, marmonna Ari. Viens, on va être en retard pour le rendez-vous au bord du lac.
– Qu'est-ce qui se passe au bord du lac ?
– On va faire du kayak. C'était prévu, tu ne t'en souviens pas ?
Non, je ne me souvenais pas. Je n'étais même pas sûr de savoir à quoi ressemblait un kayak.
Nous nous disputâmes tout le long du chemin, mais rien n'y fit : Ari refusa ma proposition.
– Deux par bateau ! cria Oncle Lou.
Ben, Jason et Noah étaient déjà là.
– Vous êtes en retard ! dit le directeur, l'air faussement sévère.
Il nous désigna notre canoë.
– Mais qu'est-ce qu'on va faire au milieu des bois avec ce bateau ? demandai-je à Ari.
– La rivière passe dans les bois. Tu ne sais donc rien sur rien !
– Au moins, je sais qui je suis, rétorquai-je en montant dans le kayak. Je m'appelle Dustin, et je veux le redevenir.
– Il y a un problème, les garçons ? demanda Oncle Lou.
– Je ne suis pas Ari, lâchai-je, je m'appelle Dustin. Ari et moi avons échangé nos identités dans le car. Et maintenant, il ne veut plus changer.
– C'est vrai, ça ? Le directeur s'adressa à Ari.

– Bien sûr que non, et je peux le prouver.
Là-dessus, Ari sortit un portefeuille de sa poche.
– Voilà mon formulaire d'inscription à la colo, avec mon nom, mon adresse. Il y a bien écrit « Dustin Minium », non ? dit-il en le tendant à Oncle Lou.
– Oui, c'est écrit noir sur blanc.
– Évidemment ! criai-je, c'est mon portefeuille !
– Regardez, dit Ari en ôtant son T-shirt. Mon nom est même inscrit sur cette étiquette.
– « Dustin Minium », lut le directeur.
– Ma mère marque toutes mes affaires, déclara Ari, tout sourire. Vous voulez voir mes sous-vêtements ?
– Ça ne sera pas nécessaire, Dustin.
Oncle Lou me prit à part :
– Il faut que tu sois courageux, Ari. N'essaie pas de te dérober !
– Mais il faut me croire ! Je ne suis pas Ari !
Il prit une profonde inspiration :
– Tu connais la devise : « Quand faut y aller, faut y aller. » Tu vois ce que je veux dire ?
– Non, pas vraiment.
Il m'agaçait avec sa stupide devise !
– C'est pourtant simple : cesse de te comporter comme une poule mouillée.
Je regardai en direction d'Ari. Armé d'une pagaie, il était en train de simuler un duel avec un autre garçon. « Lui, il s'amuse, alors que moi, je vais être dévoré à sa place. Ce n'est pas juste ! Personne ne me croit quand je dis que je ne suis pas Ari. Il y a sûrement quelque chose à faire. Mais quoi ? »

13

Nous transportâmes nos embarcations jusqu'à l'eau. C'étaient des kayaks à deux places. Je ne voulais pas être avec Ari, mais toutes les équipes étaient déjà formées. Je n'avais pas le choix.

– N'oublie pas ta jupe, dit Ari.

– Hein ?

– C'est une protection : tu l'attaches aux extrémités du bateau, ça empêche l'eau de pénétrer dans le cockpit.

– Ça va, ne fais pas semblant d'être gentil avec moi !

– Mais pas du tout ! répondit-il en souriant.

Tout le monde embarqua. Personne ne semblait se soucier des milliers d'insectes qui grouillaient autour de nous.

Je m'assis derrière Ari à contrecœur ; mais c'était la première fois que je montais dans un kayak, et je voulais voir comment il s'y prenait pour manier les pagaies.

Je pris le pli assez vite, et commençai même à y trou-

ver un certain plaisir.
Les six embarcations glissaient paisiblement sur la rivière qui serpentait à travers la forêt. On entendait juste le clapotis de l'eau déplacée par les pagaies.
Soudain, un bruit attira mon attention : des voix qui venaient d'une rive.
– Il y a une colo là-bas ? demandai-je à Nate, un animateur qui ramait à côté de nous.
– Non, répondit-il avec assurance. Il n'y a aucune colo à des kilomètres à la ronde.
– Tu as entendu ces voix, Ari ? insistai-je.
– Je te ferai remarquer que je m'appelle Dustin, dit ce traître. Oui, j'ai bien cru entendre quelque chose, à un moment.
Nous continuâmes de pagayer quand un cri déchira le silence. Mon cœur s'arrêta de battre.
– Qu'est-ce… qui se passe dans ce bois ?
– Ça doit être l'Écorcheur, dit Nate. Restons tous groupés.
« Est-ce qu'il plaisante ? » me dis-je en observant son visage et en guettant un sourire. Non, il n'en avait pas l'air. Je me cramponnai à ma pagaie.
Un autre cri retentit, encore plus effrayant que le précédent. Je cherchai d'où il pouvait provenir. Je vis quelque chose bouger à travers les feuillages. Je plissai les yeux.
C'est alors que j'aperçus un renard qui me fixait de son regard perçant, les babines retroussées.

14

– Eh, tu veux que je te raconte une histoire drôle ?

– Laisse-moi tranquille, Ari, tu veux ? Je n'ai pas envie de rire.

Nous étions en train de ranger les kayaks dans la remise. Nate avait jugé préférable de rentrer, vu ce qui s'était produit.

Il était midi, et le soleil tapait fort. J'étais en nage.

– C'est l'histoire de…

– Laisse tomber, je te dis.

Et je le plantai là. Un groupe d'enfants était en train de jouer au base-ball. Je m'approchai pour regarder le match. Sur le terrain, un garçon faisait une passe à un autre, qui la rata.

Et… la balle passa au travers du type ! Elle traversa littéralement sa poitrine pour ressortir dans son dos !

Je plissai les yeux, ébloui par la luminosité.

« J'ai des hallucinations maintenant. Ça doit être ce satané soleil qui me joue des tours. »

Aucun des joueurs ne semblait s'être aperçu de quoi

que ce soit. Le lanceur se mit à nouveau en position, mais le batteur manqua son coup, et la batte atterrit en plein sur la tête du receveur. Normalement, il aurait dû s'écrouler sous le choc ! Mais le garçon ne bougea pas, et pas un son ne sortit de sa bouche. Il fit signe au lanceur de continuer.

Je m'éloignai, éberlué, la sueur me dégoulinant sur le front.

« Il faut que je fasse attention au soleil. Je vois de drôles de choses. »

15

Assis sur mon lit, j'écoutais les rires des enfants qui plongeaient dans le lac. Nous avions quartier libre. J'avais dit à Oncle Lou que je préférais rester au cabanon.

– Comme tu veux ! avait-il répondu. Mais tu sais ce qu'on dit : on n'a rien à gagner à s'enfoncer la tête dans le sable.

– Oui, bien sûr !

Bien évidemment, je ne voyais pas du tout où il voulait en venir.

– On ne peut pas savoir ce qu'on va faire avant d'avoir essayé, me cria-t-il.

« Mais qu'est-ce que je peux bien faire ? me demandai-je, recroquevillé sur mon lit. Comment vais-je m'en sortir ? »

Pourquoi papa et maman ne m'avaient-ils pas écouté ? Je les avais suppliés de ne pas m'envoyer ici. Soudain, une idée me vint à l'esprit : je devais leur téléphoner. Je leur raconterais tout, je leur dirais de ne pas envoyer Logan ici, et surtout je les supplierai de venir me chercher, pour m'emmener loin, très loin de ce cauchemar.

Le problème numéro un était résolu ! Restait le problème numéro deux : trouver le téléphone.

– Salut ! lança Noah en faisant irruption dans la pièce.

Il était encore en maillot de bain, ruisselant d'eau :

– Je te cherchais ! Pourquoi tu ne viens pas te baigner avec nous ?

– Je n'ai pas envie, marmonnai-je.

– Mais tu sais nager, j'espère ?

– Bien sûr que je sais nager ! Je ne suis pas un champion, mais je sais faire la brasse.

Je sautai au bas du lit :

– Euh… est-ce qu'il y a un téléphone ici ?

– Oui, il y a une cabine près du réfectoire.

– Super ! dis-je en me précipitant vers la porte.

– Mais on n'a pas le droit de l'utiliser, ajouta-t-il sèchement.

Ce soir-là, j'inventai un prétexte et j'attendis que les garçons partent dîner, promettant de les rejoindre très vite.

Lorsque je fus certain que tout le monde était au réfectoire, je tentai prudemment de me diriger vers la cabine de téléphone. Des éclats de voix, le tintement des verres et des rires s'échappaient de la salle. Retenant mon souffle, je contournai le bâtiment sur

la pointe des pieds.
Mais j'eus beau chercher, il n'y avait pas de téléphone. Noah m'avait menti ! Pourquoi ?
Je repassai sous les fenêtres de la salle à manger, espérant trouver la cabine de l'autre côté du bâtiment. L'odeur des hamburgers et des frites me chatouillait les narines. Mon estomac gargouillait, mais j'aurais été bien incapable d'avaler quoi que ce soit. Il fallait que j'appelle chez moi. Ce coup de fil allait me sauver la vie.
Enfin, j'aperçus le téléphone.
Je vérifiai si j'étais bien seul, mis une pièce dans la fente, et composai le numéro. Et s'il n'y avait personne à la maison ? Je n'avais même pas envisagé cette éventualité.
« Pitié ! Pourvu qu'il y ait quelqu'un ! »
Première sonnerie.
« Papa, maman, décrochez ! »
– Allô ?
C'était la voix de maman !
J'allais parler lorsqu'une main m'arracha brutalement le combiné.

16

Je me retournai et me retrouvai nez à nez avec Ari :
– À qui téléphones-tu ? Tu sais bien que c'est interdit, Ari.
– Arrête de m'appeler comme ça ! criai-je. Je vais demander à mes parents de venir me chercher.
– Oh, mais il fallait le dire plus tôt… Laisse-moi t'aider.
Ari tira le combiné d'un coup sec, si bien qu'il se détacha du fil.
– Et voilà le travail !
Il me tendit le combiné, le fil se balançant dans le vide.
– Pourquoi as-tu fait ça ? hurlai-je en jetant le combiné à terre.
Il m'attrapa par l'épaule :
– Tu ne peux pas rentrer chez toi. On a besoin de toi, ici, Ari, toute la colo a besoin de toi !
– Arrête de m'appeler Ari, dis-je en me dégageant.
– Mais, c'est toi, Ari. Tu es l'élu, ricana-t-il.

– Pas pour longtemps… J'ai une mauvaise nouvelle pour toi, Ari.
– Ah oui ? Quel genre ?
– Logan arrive lundi.
– Et qui est Logan ? dit-il en me poussant avec une telle force que je me retrouvai à terre.
Je l'attrapai par les jambes et il me tomba dessus. Je tirai sur son T-shirt :
– Rends-moi ce T-shirt. Rends-moi mes vêtements, demandai-je froidement.
Ari, à cheval sur moi, me clouait au sol :
– Qui est Logan, bon sang ?
Je réussis à me dégager.
– C'est mon petit frère, il débarque lundi, dis-je en me relevant. Et lui, il pourra prouver à tout le monde que je suis Dustin. Dommage pour toi, mon vieux ! Lundi, la fête sera finie.
– Pas question ! siffla Ari en se ruant de nouveau sur moi.
– Qu'est-ce qui se passe ici ? tonna Oncle Lou.
Il appela Nate pour qu'il nous sépare, et m'aida à me relever :
– Tu ferais mieux de garder tes forces, Ari, tu vas en avoir besoin.
– Je ne suis pas Ari, je suis Dustin !
– Tu radotes un peu, tu ne trouves pas, mon garçon ?
Ari éclata de rire.
« Attendez, vous verrez bien lundi… », pensai-je, furieux.

17

– Vous êtes sûrs qu'on va pouvoir faire un feu de camp ce soir ? On dirait qu'il va pleuvoir, m'inquiétai-je.
– Dépêchons-nous, dit Noah en enfilant ses chaussures. Il faut que je gagne mon pari.
– Quel pari ? demandai-je.
– Noah a parié qu'il pouvait manger vingt chamallows d'un coup, m'expliqua Jason.
– Ouais, et nous qu'on pouvait monter jusqu'à trente ! renchérit Ben. Tu veux parier ? Tu pourrais aller jusqu'à combien ?
– Euh… je ne sais pas.
J'ouvris la porte et regardai le ciel : de gros nuages noirs masquaient la pleine lune. Une bourrasque de vent manqua d'arracher la porte. Les kayaks sur le lac tanguaient et s'entrechoquaient violemment.
Tout le monde se dirigeait vers le feu de camp, tête baissée, luttant contre le vent. Ben me poussa dehors :

– Allons-y, avant qu'il n'y ait plus de chamallows !
Je les suivis. Il y avait déjà du monde autour du buffet. Jason, Ben et Noah se frayèrent un chemin à travers la foule. Ben se saisit d'une poignée de bonbons et en porta une dizaine à sa bouche.
– Allez, Ari ! dit Noah en en avalant quatre à la fois. Viens jouer !
– Non, je préfère vous regarder.
– Attention ! cria Melvin, le type qui suivait Ari partout. Il va tout cracher !
Effectivement, Ben recracha tout sur Melvin.
– À toi, maintenant, me dit Jason en me fourrant une pleine poignée dans la main.
– Plus tard, répondis-je en m'éloignant.
Je regardai le feu et la fumée se dissoudre dans les airs. « Demain, Logan sera là, et tout redeviendra comme avant », songeai-je.
– Alors, toujours envie d'appeler papa-maman ? me nargua Ari en se postant devant moi. J'ai une idée : pourquoi tu ne leur enverrais pas des signaux de fumée ?
– Très drôle ! Tu riras moins demain, crois-moi.
Je le plantai là et allai m'asseoir près d'un groupe de garçons autour du feu.
– Jeremy, tu n'aurais pas une pique plus grande ? dit l'un d'eux à son copain.
L'autre ne répondit pas, trop occupé à faire des bagues avec les sucreries qu'il enroulait autour de ses doigts. Son copain haussa les épaules et… plongea sa main pleine de chamallows dans le feu !

Je n'en croyais pas mes yeux. Il avait dû se brûler atrocement !

– C'est une bonne idée, ça ! cria Jeremy. Je vais faire comme toi.

Et il mit ses doigts dans les flammes pour faire griller ses bonbons. Tout le monde rit.

« Ils sont fous ! Ils vont brûler vifs ! » pensai-je, affolé.

Je bondis sur mes pieds.

Un autre garçon plaça un chamallow entre ses dents. Horrifié, je le vis mettre sa tête dans le feu.

« Ils sont tous fous, ici ! Il faut que je parte. Cet endroit est dangereux ! »

Sans réfléchir, je m'enfuis en courant. Le vent soufflait fort et les arbres ployaient dangereusement. J'entendis le tonnerre gronder au loin. Je courais, courais ; je m'enfonçais de plus en plus dans les bois. Grâce à la lune, je pouvais voir où j'allais, mais elle ne tarda pas à se cacher derrière de gros nuages. Le vent soulevait de la poussière qui m'aveuglait. Les branches me fouettaient le visage, je trébuchai sur des racines, m'écorchai les bras. Tête baissée, je fonçais sans regarder où j'allais.

Soudain, je percutai quelqu'un.

– Hé, fais attention ! cria une voix de fille.

Je hoquetai de surprise et elle tomba à terre.

La lune éclaira son visage : c'était une fille de mon âge, avec une tresse blonde et des taches de rousseur sur le nez, vêtue d'un jean et un T-shirt jaune. Autour de son cou pendait une chaîne en or.

Elle me dévisagea, l'air effrayé.
La colo de la Pleine lune était un camp de garçons.
Et il n'y avait pas d'autre colo à des kilomètres à la ronde, m'avait dit l'animateur.
D'où sortait-elle alors ?

18

Je l'aidai à se relever et lui posai la question qui me brûlait les lèvres :

– Que fais-tu là, au beau milieu de la forêt ?

Elle s'épousseta et répondit :

– Je viens de la colo des filles.

– Quelle colo ?

Le tonnerre gronda juste au-dessus de nos têtes. La fille n'avait pas l'air d'avoir entendu ma question. Elle regarda le ciel et frissonna.

– Quelle colo ? insistai-je. On m'a dit qu'il n'y en avait aucune autre dans les environs.

– On t'a menti ! C'est normal, le directeur ne tenait pas à ce que les garçons viennent fouiner chez nous !

– Et… il est où, ce camp ?

– On ne le voit pas d'ici. Il est au bord de la rivière.

La pluie commença à tomber.

– Je ferais mieux d'y aller, dit la fille en tournant les talons.

– Hé, attends ! Tu t'appelles comment ?

– Laura Carter. Et toi, tu es Ari, n'est-ce pas ?

Un frisson me parcourut l'échine.

– Co… comment le sais-tu ? bégayai-je.

19

– Comment connais-tu mon nom ?
– Je sais beaucoup de choses sur toi… Par exemple, tu as horreur des insectes.
– Mais… tu es au courant de… ?
Je m'interrompis. Ma voix tremblait.
– Ne t'affole pas. Je les ai entendus se moquer de toi.
– De qui parles-tu ?
– Des garçons de ta colo ! Quand vous avez fait du kayak sur la rivière, je vous observais. Tu ne m'as pas vue, je vous espionnais de derrière les arbres !
La pluie se fit un peu plus forte.
– Il faut que j'y aille, je vais être trempée ! Et puis, il ne faut pas qu'ils s'aperçoivent que je suis sortie.
– Qui, ils ?
– Les moniteurs, voyons ! Je les déteste.
– Mais qu'est-ce que tu fais là en pleine nuit ?
Laura avait l'air sympa, mais il fallait vraiment lui tirer les vers du nez.

– Qui détestes-tu ? insistai-je.
– Tout le monde ! Je hais les autres filles, je hais cette colo… tout, tout, tout !
Elle soupira :
– Toutes les nuits, je vais dans la forêt et je cherche un moyen de m'échapper. Mais je n'y suis pas encore arrivée.
– Tu n'as pas peur, toute seule ici ? Tu… tu n'as pas peur de l'Écorcheur ?
– À toi aussi, ils t'ont raconté cette histoire du campeur qui disparaît chaque été ?
– Oui.
– C'est pas vrai, hein ? C'est une blague, n'est-ce pas ?
Elle se mit à trembler de tous ses membres. Je me sentis honteux, je n'avais pas eu l'intention de l'effrayer.
– Je pensais que c'était une histoire inventée de toutes pièces, dit-elle doucement. Mais s'ils te l'ont racontée, à toi aussi, c'est que ça doit être vrai !
Sa lèvre inférieure trembla. À cet instant, des branches s'agitèrent juste derrière nous et nous sursautâmes. Nous attendîmes un long moment sans parler. Apparemment, il n'y avait rien.
– C'est la pluie, n'aie pas peur, affirmai-je pour la rassurer.
– Oui. Mais on ferait mieux d'y aller.
– Écoute, je suis désolé de t'avoir fait peur. Je sais ce que tu ressens. À propos de la colo, je veux dire ! Je la déteste aussi.

– Toi aussi ? Super !
– Super ?
– On pourrait s'échapper ensemble ! À deux, on réussira à passer de l'autre côté ! dit-elle en frémissant d'excitation.
– Quel autre côté ?
– Sur l'autre rive. Tout ce qu'on a à faire, c'est de traverser la rivière. Il y a une route pas loin. J'avais peur de ne pas y arriver seule, mais à deux, on s'en sortira !
Elle attrapa mon bras :
– Allons-y !
« Je ne peux partir maintenant, réalisai-je soudain. Logan arrive demain, je ne peux pas le laisser tout seul là-bas. »
– Attends, Laura… Pas ce soir. Retrouvons-nous plutôt demain soir, on organisera notre fuite, proposai-je.
– Tu promets ?
Elle semblait méfiante, d'un seul coup.
– Rendez-vous demain, au même endroit. Tu sauras revenir jusqu'ici ?
– Bien sûr ! Je n'aurai qu'à retrouver cet arbre, fit-elle en désignant un arbre que la foudre avait coupé en deux. À demain !
Puis elle s'éloigna rapidement.
Je rebroussai chemin, sous une pluie qui redoublait d'intensité. Je me mis à courir à petites foulées.
Soudain, un éclair fendit le ciel, et pendant un instant la forêt entière fut illuminée. Un instant qui me

donna le temps d'apercevoir une bête. C'était un renard. Il était au bout du chemin, prêt à bondir. Il m'attendait.

20

La bête me fixait d'un air féroce. J'étais pétrifié et osais à peine respirer. Ses yeux avaient quelque chose d'étrangement humain, familier même. Mon cœur battait à tout rompre. « J'ai déjà vu ses yeux quelque part. »

Le renard ne me quittait pas du regard.

Que devais-je faire ? Tenter de m'enfuir ? La bête n'allait-elle pas m'attaquer au moindre mouvement ?

J'avisai une pierre à mes pieds et la saisis d'une main tremblante. J'inspirai profondément et la lançai de toutes mes forces sur le renard. La bête s'éloigna en grondant.

Je pris mes jambes à mon cou et courus sans relâche jusqu'au campement.

Il n'y avait plus personne dehors, tout était éteint. Je m'introduisis sans bruit dans mon cabanon et me mis au lit, le cœur cognant dans ma poitrine.

« Demain, ça ira beaucoup mieux. Demain, Logan sera là, et nous rentrerons tous les deux à la maison. »

« Quelle heure peut-il bien être ? »
Un rai de lumière filtrait de la fenêtre. J'eus du mal à croire que c'était déjà le matin.
Je bâillai bruyamment.
– Quelqu'un a une idée de l'heure ? demandai-je en m'étirant.
Pas de réponse. Je me redressai : personne, la pièce était vide. Je sautai du lit et allai à la fenêtre. Des garçons s'amusaient dans l'eau, d'autres couraient sur le terrain de foot.
Que faisaient-ils dehors à cette heure-ci ?
Je consultai ma montre : onze heures ! J'avais dormi très tard, manquant le petit déjeuner et le tennis. Je m'habillai à la hâte, sautai dans mes chaussures et me ruai dehors.
Au loin, j'aperçus le directeur et courus vers lui :
– Mon frère arrive aujourd'hui. Savez-vous à quelle heure le car sera là ?
– Il est déjà là, je suis en route pour aller accueillir tout le monde.
– Super ! Je vais enfin pouvoir prouver qui je suis !
– Comme tu voudras, mon garçon !
Je remarquai alors la présence d'Ari, qui nous observait. Je suivis Oncle Lou vers les nouveaux arrivants qui descendaient du car.
– C'est mon frère ! Celui avec le T-shirt orange et la casquette noire ! criai-je en courant vers lui.
– Jolie casquette, mon garçon ! Tu sais ce qu'on dit : pour porter un chapeau, il faut une tête ! plaisanta le directeur.

– Euh… merci, répondit mon frère, interloqué.
– Logan ! Je suis tellement content de te voir ! m'écriai-je. Dis-leur qui je suis, dis-leur que je m'appelle Dustin et que je suis ton frère !
Logan me regarda, l'air surpris.
– Mais… je ne te connais pas… Mon frère, il est là-bas, dit-il en montrant Ari.
– Oh non ! Logan, ne me fais pas ça, je t'en supplie !
Mais mon frère courut vers Ari.
– Comment ça va, Dustin ? lança-t-il en lui tapant dans la main.
Il se tourna vers moi :
– C'est qui, ce dingo ?

21

– Logan est mon frère, il faut me croire, Oncle Lou ! implorai-je. Je suis Dustin !

Je criais tellement fort que j'eus l'impression que les veines de mon cou allaient exploser. Tout le monde m'observait dans un silence choqué. Le directeur, Logan et Ari me regardaient de la même façon.

– Il est complètement cinglé, dit quelqu'un.

– Ça suffit, mon garçon ! Tu vois bien que tu effraies tout le monde !

J'essayai de retrouver mon calme, mais c'était peine perdue. J'étais hors de moi.

Ari s'éloigna, Logan sur ses talons.

– Je ne comprends pas, pourquoi Logan me fait-il ça ? murmurai-je pour moi seul, effondré.

– Écoute-moi, Ari, commença Oncle Lou.

– Je ne suis pas Ari !

– Sois raisonnable ! La plaisanterie a assez duré.

– Mais puisque je vous dis que je ne suis pas Ari !

Il soupira :

– Bon, voyons les choses comme elles sont. Tout le monde ici pense que tu es Ari. Logan, le frère de Dustin, dit que tu es Ari. Alors, maintenant, fiche-nous la paix. Tu n'as qu'à faire semblant d'être Ari !
– Je m'appelle Dustin. Je sais que vous pensez que je suis fou, mais je suis vraiment Dustin, hurlai-je, désespéré.
Il fit comme si je n'existais plus et se tourna vers les nouveaux arrivants :
– Les anciens, mettez-vous de ce côté…
Je reculai, hébété.
Pourquoi Logan m'avait-il fait ça ? Je n'arrivais pas à comprendre.
Anéanti, je me dirigeai vers le lac. Un groupe de garçons se préparait à faire une course à la nage. Ils plongèrent tous ensemble, j'attendais qu'ils resurgissent à la surface ; mais rien. L'eau était parfaitement calme, il n'y avait plus un bruit. Pas de rires, pas d'éclaboussements.
« Comment peuvent-ils rester sous l'eau aussi longtemps ? Où sont-ils ? »
La panique me gagna. Aucune personne normalement constituée ne peut bloquer sa respiration pendant cinq minutes ! Je regardais le lac, désespéré.
– Eh ! Où êtes-vous ? Remontez !
Il se passait quelque chose de terrible.
– Au secours ! Ils sont tous en train de se noyer ! Au secours !

22

– À l'aide ! hurlai-je en cherchant quelqu'un du regard.

Mais il n'y avait personne en vue. Tout semblait désert.

Où étaient-ils tous passés ? Où étaient les moniteurs ?

– Au secours ! Ils se noient ! m'époumonais-je.

Ça devait faire sept bonnes minutes maintenant qu'ils avaient disparu sous l'eau. Plus d'espoir !

Soudain, un grand « splash » se fit entendre. Tous les nageurs refirent surface comme par enchantement. Ils riaient, s'éclaboussaient. Comme si de rien n'était.

« Comment ont-ils pu faire ça ? Personne ne peut rester en apnée si longtemps ! J'en ai ma claque de cette colo de fous ! Je m'en vais aujourd'hui même, décidai-je. Mais d'abord, il faut que je trouve Logan. »

Je n'eus pas à le chercher bien longtemps, car au même moment il sortit des bois, accompagné d'Ari.

– Est-ce qu'on peut faire une balade en kayak ?

demanda Logan à son nouveau frère.
– Non, il faut qu'il y ait un moniteur avec nous. Tiens, je vais te raconter une bonne blague, dit-il en m'apercevant.
– Logan n'en a rien à faire, de tes blagues stupides ! coupai-je.
Ari m'ignora et se mit à débiter des idioties. Logan se tordait de rire.
J'attrapai mon frère par le bras :
– Allez, viens, on s'en va.
– Laisse-moi tranquille ! On se connaît pas !
– Arrête cette comédie, tu veux ! Ça ne me fait pas rire, l'avertis-je.
Je l'entraînai à l'écart.
– Qu'est-ce qui t'arrive ? Pourquoi as-tu prétendu ne pas être mon frère ?
Pour toute réponse, il haussa les épaules.
– Je ne te laisserai pas partir tant que tu ne m'auras pas répondu, dis-je les dents serrées.
– Arrête de me crier dessus ! J'ai peur…
– Quoi ? Mais… de quoi as-tu peur ?
– D'Ari. Il a dit que si je disais la vérité à ton sujet, il m'arriverait malheur.
J'eus pitié de lui, et en même temps un formidable soulagement me gagnait. Je n'étais pas fou, et j'avais un allié : mon frère.
– N'aie plus peur, lui dis-je. Ce soir, on va s'enfuir. On va quitter cette colo maudite, et on va rentrer à la maison !
– Mais je ne veux pas rentrer à la maison ! Je viens

juste d'arriver ! Pourquoi on devrait partir ?
– Parce que nous sommes en danger ici !
– Mais il n'y a aucun danger ! Je dois juste dire que tu n'es pas mon frère.
J'évitai de lui parler de l'Écorcheur et des choses étranges dont j'avais été le témoin. Il était suffisamment effrayé comme ça, et je ne voulais pas aggraver la situation.
– Va défaire ton sac, il ne faut pas éveiller de soupçons. Tout ira bien. On se voit tout à l'heure.
Je m'assis dans un coin, pour élaborer un nouveau plan.
Je décidai d'aller seul au rendez-vous fixé avec Laura. Elle et moi rejoindrions l'autoroute de l'autre côté de la rivière. Puis nous trouverions un téléphone pour appeler mes parents, qui viendraient nous chercher, Laura, Logan et moi.
Une fois le plan établi, je me sentis beaucoup mieux, et décidai d'attendre l'heure du rendez-vous dans ma chambre.
Alors que je rejoignais le cabanon, je vis qu'une épreuve de tir à l'arc s'engageait. Certains participants ne m'étaient pas inconnus. L'un d'eux, un grand maigre nommé Todd, banda son arc et chercha sa cible. Je suivis son regard, et ce que je vis me glaça le sang : il visait Billy, un garçon petit et rondouillard. Billy se tenait les bras écartés, une flèche plantée sur son torse. Une cible vivante !
Todd relâcha la pression et sa flèche alla se ficher en plein dans l'épaule du garçon.

La victime ne laissa échapper aucun cri et ne bougea pas d'un pouce. À peine grimaçant, il entreprit d'enlever la flèche.
– Non ! Laisse-la, je vais essayer de viser juste en dessous, lui cria Todd.
Alors qu'il s'apprêtait à viser de nouveau, je poussai un hurlement. Trop tard ! Il manqua son but, et Billy se retrouva avec une flèche plantée au milieu du front.
– Arrêtez ! Vous êtes malades ou quoi ?
Tous se retournèrent vers moi, puis, sans un mot, ils me visèrent. Je n'attendis pas de voir ce qui allait se passer ! Je me précipitai vers la forêt. Tapi au milieu des buissons, j'attendis l'heure du rendez-vous avec Laura.
Les questions se bousculaient dans ma tête.
Réussirais-je à m'en sortir ? Pouvait-on s'échapper d'un endroit pareil ?

23

La lune apparut au-dessus des arbres touffus. « C'est l'heure », songeai-je, et je m'engageai dans les bois pour retrouver Laura. Le bourdonnement incessant des criquets emplissait l'atmosphère ; j'eus la sensation qu'ils me suivaient. Arrivé à un carrefour, je m'interrogeai sur le chemin à prendre. Droite ou gauche ? J'essayai de retrouver quelque chose de familier, mais les arbres qui m'entouraient se ressemblaient tous. J'optai pour la gauche et suivis un chemin sinueux.

Étais-je en retard ? Laura allait-elle m'attendre ? Sans elle, je ne trouverais pas l'autoroute. Je me mis à courir, à la recherche de l'arbre coupé en deux. Soudain, j'entendis un énorme bourdonnement. Je m'arrêtai net : j'étais au cœur d'un épais nuage de moustiques qui m'attaquaient. Beurk ! J'agitai les bras en tous sens, essayant de les chasser.

« Où est cet arbre, bon sang ? » J'avançais tant bien que mal, lorsque j'entendis les feuilles craquer. On aurait dit des pas d'animaux. Je me figeai ; mon rythme cardiaque s'accéléra. « Pitié ! Pourvu que ce ne soit pas un renard ! » suppliai-je intérieurement. J'attendis que l'animal se montre. Un hululement sinistre monta tout à coup dans la forêt. Je tremblais. « Est-ce que les renards poussent ce genre de cri ? » Dans mon affolement, je ne vis pas un tronc d'arbre à terre, et trébuchai violemment.

Une voix effrayée surgit de la nuit :

– Ari, c'est toi ?

– Oui, Laura !

Elle s'avança maladroitement vers moi.

– J'ai eu tellement peur ! dit-elle en triturant sa longue natte. J'ai cru que tu ne viendrais pas, que tu avais changé d'avis !

– Oh non ! Pas question que je change d'avis !

– Elles ont été tellement méchantes avec moi, aujourd'hui ! soupira-t-elle.

– Qui ça ?

– Les filles avec qui je partage ma chambre. Elles ont découvert que j'étais chatouilleuse et m'ont poursuivie. Elles m'ont chatouillée jusqu'à ce que je pleure. Je craque, Ari, il faut vraiment que je parte de cette colo !

– Je viens avec toi ! On s'échappera ensemble.

– Oh, merci, Ari ! Tout ce qu'on a à faire, c'est de traverser la rivière. L'autoroute est par là, de l'autre côté.

Nous nous mîmes en marche, la forêt était de plus en plus dense. Laura écartait les branches pour se frayer

un chemin.
– Tu es sûre que c'est la bonne direction ? Je ne reconnais rien, m'étonnai-je.
Avant qu'elle ait pu répondre, un cri déchira le silence. Laura, terrorisée, fit un bond en arrière. Nous nous figeâmes. Une autre plainte retentit dans l'obscurité, comme celle d'un animal blessé.
– Il ne faut pas rester là, dis-je d'une voix mal assurée, en entraînant Laura derrière moi.
J'entendais sa respiration saccadée.
– Qu'est-ce que c'est ? lança-t-elle soudain en s'arrêtant.
Des rires étouffés s'élevèrent, puis des soupirs. Des soupirs qui se faisaient écho, terrifiants.
– Tu crois qu'on nous suit ? demanda-t-elle en se mordant la lèvre.
– Euh… non. Ça doit être le vent qui porte les voix de la colo.
– Mais il n'y a pas de vent, objecta-t-elle.
À ces mots, le vent se leva tout à coup. Un vent glacial, venu de nulle part, nous força à nous réfugier derrière un arbre.
Cramponnés au tronc, nous tentions de résister à ses rafales qui nous fouettaient avec une force inouïe. On ne voyait plus rien. Les arbres alentour grinçaient dans un bruit sinistre. J'entendis Laura crier :
– Qu'est-ce qui se passe ?
Le vent redoubla de violence.
– Mais pourquoi ? Pourquoi faites-vous ça ? hurla-t-elle, terrorisée.

Le vent s'arrêta aussi soudainement qu'il s'était levé, faisant place à un inquiétant silence.
– Je n'y comprends rien ! Je viens dans la forêt depuis plusieurs jours et je n'ai jamais eu aussi peur, dit-elle d'une voix blanche.
– La rivière est encore loin ?
– Non, plus trop. Je crois qu'elle est derrière ces arbres.
Elle se mit à courir et disparut de mon champ de vision.
– Attends-moi !
– Elle est là ! Viens voir ! m'appela-t-elle.
Je la retrouvai sur la rive.
– Il ne nous reste plus qu'à traverser, après on sera en sécurité, affirma-t-elle en me tirant par le bras.
J'eus un moment d'hésitation.
– Ce n'est pas profond, n'aie pas peur, Ari !
– Tu es sûre ? Je ne nage pas très bien, tu sais.
– Sûre et certaine ! Viens, on est presque chez nous !
Chez nous. Ces mots me remplirent d'espoir, et je la suivis.
– Stop ! cria quelqu'un.
Je fis volte-face : personne.
– N'avance pas ! ordonna la voix.
Je levai les yeux, et ce que je vis me paralysa d'effroi. Au-dessus des cimes des arbres flottait Noah, pâle comme un fantôme. Il était presque transparent, on apercevait les rayons de la lune à travers lui.
– Surtout ne bouge pas ! cria-t-il à nouveau.
Je reculai.

– Pas un geste, je te préviens ! mugit-il.
– Viens, ne l'écoute pas, gémit Laura en m'attrapant la main.
Noah fondit sur nous.
– Mais… mais qu'est-ce que c'est ? Un fantôme ?
– Dépêche-toi, ne le laisse pas t'avoir, dit-elle en me tirant vers la rivière.
Noah était sur nous maintenant, il nous empêchait d'avancer. Nous étions piégés.
– Il ne faut pas se laisser prendre ! cria Laura.
Elle se jeta dans l'eau la première.
– Vite, Ari ! Ici, il ne pourra pas t'attraper !
Je pris une profonde inspiration… Trop tard ! Noah m'attrapa le bras et m'entraîna vers la rive. Laura saisit mon autre bras pour m'attirer à elle. Une vive douleur me transperça les épaules.
– Arrêtez ! hurlai-je.
– Ne me résiste pas, cria Noah. Tu ne sais donc pas qui je suis ?
Sa voix résonnait lugubrement dans la forêt.
– Si ! J'ai compris ! C'est toi, l'Écorcheur !

24

Noah resserra son étreinte, aussi je sentis mes doigts s'engourdir. J'eus la sensation que toute la chaleur s'en allait de mon corps. Un frisson glacé m'envahit.
– Laisse-moi partir ! suppliai-je.
– Lâche-le ! hurla Laura.
Elle m'attrapa de ses deux mains, tentant vainement de me libérer.
– Tu ne m'échapperas pas comme ça…
Noah serra plus fort, et mes bras et mes jambes se raidirent de froid. Je tirai de toutes mes forces et réussis à libérer ma main :
– Je ne serai pas ta prochaine victime !
– Ne lui parle pas ! Si tu t'arrêtes, et que tu lui parles, tu es cuit ! me souffla Laura en m'entraînant dans la rivière. Viens, on peut encore s'en sortir !
– Je ne suis pas l'Écorcheur, dit le fantôme.
– Cours ! Il est diabolique, ne l'écoute pas ! supplia Laura.
– Je te répète que l'Écorcheur, ce n'est pas moi !

Moi, je suis sa dernière victime ! L'Écorcheur, c'est elle !

Je lâchai la main de Laura comme si elle m'avait brûlé.

– Je suis un fantôme, continua Noah en flottant au-dessus de moi. La moitié des garçons de cette colo sont des fantômes. Nous avons tous été victimes de l'Écorcheur.

– Il va nous tuer ! Viens, gémit Laura.

– Écoute-moi ! tonna Noah. Chaque année, nous choisissons quelqu'un pour nous aider à retrouver le repos de l'âme. Nous voulons être en paix et ne pas avoir à hanter cette forêt éternellement. Il n'y a qu'un moyen de nous aider : un être vivant doit traverser la rivière.

Mon cœur battait à tout rompre. Je regardai Laura, puis Noah. Qui croire ? Auquel des deux devais-je faire confiance ?

Noah disait-il la vérité ? Était-ce vraiment derrière Laura que se cachait l'Écorcheur ?

– Cette année, nous, les fantômes, nous t'avons désigné pour nous venir en aide, dit-il en me fixant d'un regard glacial.

Le visage de Laura était défiguré par la peur :

– Il ment ! Il essaie de te piéger.

– C'est elle, la menteuse !

– Suis-moi, j'essaie de te sauver la vie, insista-t-elle.

Je fus pris de tremblements incontrôlables. Si seulement j'arrivais à y voir clair ! J'étais incapable de rassembler mes esprits.

– Fais-moi confiance, je t'aiderai à t'enfuir, il faut que tu me croies, supplia Laura.
Je fis un pas vers la rivière.
– N'y va pas ! tonna la voix de Noah. Elle ment ! Elle t'a dit qu'elle venait de la colonie des filles ? Cette colonie n'existe pas. Elle veut te piéger en t'entraînant dans l'eau.
Noah s'agitait furieusement autour de nous, faisant trembler les branches des arbres.
– Toi aussi, tu veux que j'aille dans l'eau ! Vous voulez tous les deux la même chose : que je traverse cette fichue rivière !
– Oui, mais Laura ne te laissera pas t'en sortir vivant ! Nous, nous voulons que tu atteignes l'autre rive, sain et sauf.
La tête me tournait.
Que devais-je faire ? Qui devais-je croire ?

25

Je regardai Laura. Était-elle sincère ? Puis je me tournai vers Noah. Et lui ?

J'étais paralysé par le doute. Laura me secoua le bras :

– Il ment ! S'il te plaît, viens avec moi ! Je ne veux pas mourir. C'est lui, l'Écorcheur, pas moi. Tu sais bien que tu peux me faire confiance.

– C'est un piège ! Elle est le diable en personne, elle est prête à tout pour t'attirer dans l'eau.

Tout à coup, je compris ce qu'il me restait à faire : il fallait que je me débarrasse de ces deux-là. Je me mis donc à courir le long de la rivière, prenant de plein fouet les herbes folles et les arbustes, trébuchant sur des pierres. Je jetai un regard par-dessus mon épaule : Laura s'était lancée à ma poursuite ; Noah flottait à côté d'elle dans une course effrénée.

Je courus aussi vite que je pus.

– Je ne peux pas attendre plus longtemps, Ari, cria Laura durement.

Elle allait traverser sans moi ! Je m'arrêtai et regardai autour.
– Je ne peux pas attendre. Tu seras le prochain fantôme de la colonie, Ari.
Laura bondit. Ses yeux devinrent rouges comme des rubis et se mirent à briller dans l'obscurité. Son corps s'éleva dans les airs : elle se métamorphosa en animal ! L'Écorcheur, c'était elle !
Elle se jeta sur moi et planta ses crocs dans mon épaule. Je sentais ses dents tout près dans mon cou. Je tentai de repousser les pattes de la créature, mais ses dents s'enfoncèrent davantage, et une vive douleur m'immobilisa, alors que le sang commençait à perler sur mes avant-bras.
Je me débattis comme un fou, tirant sur son pelage. Puis j'attrapai sa tête, essayant de bloquer sa mâchoire.
« Elle va me tuer ! Il faut que je fasse quelque chose ! »
Soudain, je me souvins que Laura était chatouilleuse…

26

Je plongeai mes doigts dans son pelage pour la chatouiller.

Elle réagit par un glapissement assourdissant, rejetant la tête en arrière. Puis elle gronda furieusement, toutes griffes dehors.

« Ça ne marche pas ! Elle m'a menti ! Qu'est-ce que je vais faire ? »

J'attrapai la bête à pleines mains et tentai de m'arracher à son étreinte. Dans un geste désespéré, je réussis à lui faire lâcher prise et la lançai au loin.

Je l'entendis tomber lourdement à terre.

– Vite ! cria Noah qui voletait au-dessus de moi. Tu peux sauver tous les jeunes de la colo de la Pleine lune, et délivrer les fantômes de la malédiction ! C'est le moment ou jamais ! Franchis la rivière ! Maintenant !

Je plongeai en avant, mais Noah m'arrêta au dernier moment. Je chancelai au bord de l'eau et vis avec horreur des dizaines de mains émerger de la rivière.

Des mains verdâtres et gluantes qui se tendaient toutes vers la berge. Elles agrippaient mes chevilles, mes jambes. Des cris inhumains résonnaient. Terrorisé, je reculai.

– La rivière est peuplée de monstres, expliqua Noah. Tu ne pourras pas la traverser à la nage, leurs mains t'attireraient vers le fond, et c'est exactement ce que veut l'Écorcheur.

L'eau se mit à bouillonner et les mains se firent de plus en plus nombreuses.

– Je ne peux pas faire ça ! Je ne peux sauver personne ! protestai-je.

– Mais si, tu le peux. Regarde là-bas, dit Noah en désignant la branche d'un arbre assez élevée, qui enjambait la rivière. Grimpe sur cet arbre, vite !

– Je n'y arriverai jamais !

– Tu es capable de le faire ! Tu es un sportif, Ari ! C'est pour ça qu'on t'a choisi, ce sera un jeu d'enfant pour toi !

– Je ne suis pas…

J'allais me justifier en expliquant que je n'étais pas Ari, mais quelle importance cela avait-il à présent ?

– Tu es notre seule chance de reposer en paix ! S'il te plaît, fais-le pour nous ! Il faut que tu anéantisses l'Écorcheur…

Je m'élançai vers l'arbre et grimpai dessus. Je m'accrochai à la branche, les jambes dans le vide. Elle se balançait légèrement au-dessus de l'eau. J'avançai lentement, en regardant avec horreur l'eau trouble deux mètres plus bas. Je vis les mains gluantes qui se

tendaient, cherchant à m'attraper par les pieds.
– Je… je ne peux pas, bégayai-je en m'arrêtant, à bout de forces.
– Tu le peux ! Il le faut, continue comme ça ! cria Noah.
Je repliai mes jambes pour échapper à ces mains monstrueuses. Des murmures menaçants s'élevèrent autour de moi.
J'avais mal aux bras, mal aux épaules. Je gémis :
– Je n'y arriverai jamais !
– Tu as fait la moitié du chemin, m'encouragea Noah.
Cramponné à la branche, j'avançai en posant une main devant l'autre, mais soudain…
– La branche est humide, ça glisse, je vais tomber !
Je sentis que je lâchais prise, mes doigts dérapaient. Les murmures cédèrent la place à une clameur triomphante. Les affreuses mains verdâtres se tendaient vers moi, prêtes à me saisir, à m'attirer vers le fond.
– Je tombe !
Mes mains s'ouvrirent. Je poussai un hurlement de désespoir qui accompagna ma chute.

27

Je fermai les yeux. Je me sentis tomber, tomber. Puis flotter, flotter dans l'eau.

Non ! C'était dans les airs que je flottais !

– Ne panique pas ! cria Noah.

Il me tenait fermement, et nous volions au-dessus de la rivière, tandis que les mains innombrables cherchaient toujours à m'attraper.

– Accroche-toi à la branche !

Je tendis les bras et fis ce qu'il me disait quand un grognement s'éleva.

Le renard ! Le renard me poursuivait !

– Vite, Ari ! ordonna Noah. Passe de l'autre côté !

Et mon supplice recommença, une main après l'autre, une main après l'autre… En tournant la tête, je vis que la bête grimpait elle aussi sur la branche.

Je n'en pouvais plus. Mon cœur allait exploser.

– Tiens bon, Ari, tu y es presque !

Je mesurai la distance. Effectivement, le rivage était tout près. La sueur brouillait ma vue. « Encore un effort », m'encourageai-je mentalement.

Mais, soudain, la branche craqua et commença à plier. Horrifié, je compris qu'elle allait se briser. Je m'efforçai d'avancer plus vite.

Jetant un regard derrière moi, je vis que le renard était à deux pas. Je sentis mes doigts glisser, je tombai…

Je tombai à terre, sur l'autre rive. Le renard poussa un rugissement. Il s'élança pour sauter sur moi.

Terrifié, je fermai les yeux… J'entendis un grand bruit d'éclaboussures. La bête était tombée à l'eau !

Avidement, les mains monstrueuses s'emparèrent d'elle, se battant pour s'arracher leur proie. Le renard hurla de douleur et disparut dans les remous boueux.

Soulagé, je laissai échapper un long soupir. Mon cœur se remit peu à peu à battre normalement.

C'est alors qu'une main surgit et me tira brutalement par la cheville.

28

– Nooon ! hurlai-je.
Je secouai ma jambe, tentant désespérément de me dégager. J'osai baisser les yeux.
C'était juste une branche morte poussée par le vent !
Je la rejetai dans la rivière. Aussitôt, les mains gluantes s'en emparèrent, et la branche fut engloutie.
Je me mis à genoux, essayant de retrouver mon souffle. Une voix s'éleva alors, une voix lointaine :
– Merci ! Merci ! Tu as réussi !
C'était Noah qui me parlait de l'autre rive. Sa silhouette ondulait au clair de lune, s'effaçait peu à peu.
– Merci… merci ! Maintenant, nous pouvons reposer en paix, me cria-t-il encore d'une voix semblable au chuchotement du vent.
Puis il disparut.
Alors je compris que j'avais gagné.
– J'ai réussi ! J'ai brisé la malédiction ! J'ai délivré les victimes de l'Écorcheur ! Et j'ai sauvé les enfants de cette colo maudite !

Fou de joie, je sautai en l'air :
– Enfin, je suis différent ! Enfin, je suis courageux !
Levant le poing, je lançai à tous les échos :
– Moi, Dustin Minium, je suis un brave ! J'ai libéré les fantômes ! J'ai détruit l'Écorcheur ! Et je n'ai plus peur de rien, vous entendez ? De rien !
Je contemplai la rivière, ses eaux calmes scintillant sous l'éclat de la pleine lune.

Et je réalisai qu'il me restait un petit problème à résoudre…
Comment allais-je faire pour retourner à la colo ? Pas une route à l'horizon, bien entendu. Laura m'avait tendu un piège.
– Hé ? criai-je. Hé, les gars ? Il y a quelqu'un ?
Silence. J'étais seul.
Noah, Ben, Jason et les autres, ils avaient tous disparu. Leurs fantômes ne hantaient plus la colo de la Pleine lune. Mais moi, qu'est-ce que j'allais devenir maintenant ?
Mettant mes mains en porte-voix, j'appelai de toutes mes forces :
– Ari ? Logan ? Est-ce que vous m'entendez ?
Non, ils ne m'entendaient pas. Ils étaient beaucoup trop loin.
Les grillons chantaient dans l'herbe. Les branches des arbres chuchotaient dans le vent.
Et, à mes pieds, la rivière clapotait doucement, la rivière peuplée de monstres aux mains avides…

FIN

EXTRAIT

– On perd notre temps ici, Morggul, chuchota le grand extraterrestre.

Sa première bouche grimaçait pendant que la seconde parlait.

– Ne sois pas si impatient, Gobbul, grommela son compagnon.

Les deux créatures avaient la peau verte et luisante. Quatre longs tentacules se déployaient autour de leur corps en forme de poire. Leurs jambes, courtes et épaisses, étaient dotées de pieds noirs avec huit orteils fourchus.

Une tête de grenouille surmontait ce corps informe et grassouillet. Ils étaient d'une laideur repoussante et une lueur cruelle brillait dans leurs gros yeux vitreux aux pupilles jaunâtres.

Des alvéoles pourpres palpitaient le long de leurs tentacules. Ils s'ouvraient et se fermaient en cadence avec un léger chuintement, permettant aux extraterrestres de respirer.

Gobbul était le plus grand des deux ; c'était lui le chef. Deux longues dents argentées en forme de sabre encadraient ses bouches. Morggul était plus gros et moins vif. Ses quatre tentacules ondulaient mollement en permanence, comme s'il nageait.

Les deux extraterrestres se cachaient depuis une semaine dans la maison du docteur Franck Leroy, à Mapplewood, dans le New Jersey. Quand ils n'espionnaient pas le célèbre scientifique, Morggul dormait et Gobbul se faisait du tracas.

– On ne peut pas rester plus longtemps sur cette planète, chuchota-t-il nerveusement. Les Terriens vont finir par trouver notre vaisseau. Ils l'emporteront pour l'étudier, et on restera à jamais dans cet horrible endroit !

– Le vaisseau est bien caché dans la forêt, lui rappela Morggul.

– Je ne veux pas rester bloqué ici, s'emporta Gobbul.

Il se mit à lécher ses défenses argentées, comme à chaque fois qu'il s'énervait.

– Tu te vois vivre sur une planète où on tue les animaux avant de les manger ?
– C'est une civilisation primitive, objecta Morggul. Ils ne sont pas très intelligents.
– Oui, je sais, grogna Gobbul. On est là pour juger si les humains peuvent faire de bons esclaves. Mais j'ai des doutes.
Morggul bâilla soudain, et tous les alvéoles de ses tentacules s'ouvrirent en même temps. Le souffle qui en jaillit fit trembler les étagères du débarras où ils se cachaient. Gobbul lança un regard inquiet vers la porte donnant sur la cuisine :
– Chuut ! Tu ne veux quand même pas que le docteur Leroy nous découvre ?
Morgull ricana, et son corps tressauta comme un tas de gelée.
– Il ne me fait pas peur, déclara-t-il avec un regard mauvais. S'il me trouve, je plonge un tentacule dans sa poitrine, et je lui dévore le cœur.
– Arrête, tu me donnes faim ! dit Gobbul en se pourléchant les babines.
– J'espère qu'on est à la bonne adresse ! soupira Morggul.
– Oui, affirma Gobbul sans aucune hésitation. C'est le plus intelligent de tous les humains. Tu as

vu la plaque sur la porte ? C'est marqué : « Professeur Franck Leroy, laboratoire de sciences expérimentales ». Tu as remarqué son nom ? Leroy ! Ça veut dire que c'est le roi des scientifiques !

– Je sais, grommela Morggul. C'est bien pour ça qu'on l'espionne. Mais lui et sa femme n'ont pas l'air si fins que ça. Et ils ne sont plus très jeunes.

– On sera peut-être obligés d'employer l'activateur d'intelligence, murmura le chef. On doit ramener deux esclaves humains. Et il faut qu'ils soient jeunes, forts et malins. Suffisamment intelligents pour nous servir.

– Où allons-nous les dénicher si ces deux-là ne vont pas ? demanda Morggul.

Gobbul allait répondre quand le carillon de la porte d'entrée retentit.

– Chuut ! fit-il. Le professeur Leroy a des visiteurs. Vite, cachons-nous !

EXTRAIT

Nathan Nichols pressa le bouton de la sonnette et recula d'un pas sous l'auvent en chaume du toit. La petite mélodie du carillon résonna dans la maison de son oncle.

Nathan se tourna vers Lindy, sa demi-sœur :

– Tu es sûre que c'est une bonne idée ?

Lindy jouait nerveusement avec une mèche de ses cheveux auburn en contemplant la plaque de cuivre sur la porte : « Professeur Franck Leroy, laboratoire de sciences expérimentales ».

– Si l'oncle Franck ne peut pas nous aider, je ne vois pas qui le fera.

– Il va peut-être nous trouver stupides.

– Comme tous les autres avant lui, soupira Lindy.

– Mais que peut-il faire ? demanda Nathan. Toi et

moi… on ne sera jamais des génies.
– L'oncle Franck est la personne la plus intelligente que je connaisse, répondit Lindy en enroulant sa mèche autour de son doigt. Il nous aidera, j'en suis sûre.
Ils entendirent des pas qui s'approchaient de l'entrée.
Lindy lâcha sa mèche et Nathan se racla la gorge avec nervosité. Il enfonça ses mains dans les poches de son blouson.
Nathan et Lindy avaient douze ans tous les deux. Mais avec ses cheveux noirs, ses yeux sombres et ses lunettes d'écaille, Nathan paraissait plus âgé.
Lindy était grande et élancée. Tout le monde la trouvait belle avec ses cheveux longs et ses yeux d'un vert lumineux, mais elle n'aimait pas son nez trop plat et son visage rond.
La mère de Lindy avait épousé le père de Nathan quand ils avaient tous deux cinq ans, et depuis ils étaient aussi proches qu'un frère et une sœur.
« Trop proches, songea Lindy. On finit par se ressembler. Si au moins l'un de nous deux était intelligent ! »
Finalement la porte d'entrée s'ouvrit et l'oncle Franck apparut sur le seuil. Aussitôt, ses grosses

joues rondes rosirent de plaisir.

– Quelle bonne surprise, les enfants !

Avec ses larges épaules, son gros ventre qui tressautait quand il riait et sa masse de cheveux blancs en bataille, il avait tout du Père Noël.

L'oncle Franck était toujours vêtu de blanc : sweat-shirt et pantalon de jogging, ou blouse blanche quand il travaillait.

– Hé, Jenny ! Viens voir qui nous rend visite ! lança-t-il à sa femme.

Il recula légèrement pour les laisser entrer.

Une bonne odeur de cuisine flottait dans la maison.

– Vous êtes en train de dîner ? demanda Nathan.

– Nous avons terminé, la table est déjà débarrassée.

L'oncle Franck les entraîna au salon :

– Alors ? Qu'est-ce qui me vaut le plaisir de votre visite ?

– Eh bien, euh…, fit Nathan en se tournant vers sa demi-sœur.

Lindy poussa un profond soupir :

– C'est une longue histoire. Nos problèmes ont commencé le jour où M. Tyssling, notre prof principal, nous a demandé de rester après le cours.

– Mais on n'a rien fait ! protesta Lindy ce jour-là.
– Je sais bien, répondit M. Tyssling avec un léger sourire.

John Tyssling était un grand jeune homme maigre, qui avait toujours l'air mal rasé. Il portait des jeans et de vieux sweat-shirts élimés au col. La majorité des élèves le trouvait sympa.

Nathan et Lindy l'aimaient bien, eux aussi, même si, depuis quelque temps, il leur mettait la pression.

M. Tyssling les fit asseoir devant son bureau et tapota une pile de copies.

– Voilà, dit-il en sortant deux feuilles.

Il gratta ses cheveux noirs et les observa tour à tour.

– Vous avez tous les deux raté le devoir trimestriel de maths.

Nathan avala sa salive et Lindy baissa la tête.

– Je n'arrive pas à croire que vous ayez pu échouer à ce point, reprit leur prof en secouant la tête. C'est incroyable, vous n'avez pas fait ça tout seuls ! Vous avez dû tricher !

Nathan et Lindy restèrent muets, et M. Tyssling eut un petit rire :

– C'était une blague ! J'essaie de dédramatiser. Je sais bien que vous n'avez pas triché.

– Oh…, fit Nathan.

Lindy se mit à enrouler nerveusement une mèche autour de son doigt.

M. Tyssling se pencha à nouveau sur les copies :

– Alors ? Que s'est-il passé ?

– On n'est pas doués en maths ! lâcha brusquement Lindy.

– C'était trop dur, plaida Nathan.

– J'avais distribué des fiches de révision. Vous les avez utilisées ?

– Oui ! répondirent en chœur Nathan et Lindy.

– On a tout révisé, insista Lindy.

– C'était trop dur, répéta Nathan avec obstination.

Leur professeur les regarda longuement :

– Vous en avez parlé à vos parents ? Vous auriez peut-être besoin de cours de soutien ?
– Peut-être, murmura Lindy.
– On n'est pas assez intelligents, c'est tout, soupira Nathan.
– Je t'interdis de dire ça, Nathan ! s'exclama M. Tyssling. Comment ça, vous n'êtes assez intelligents ! Vous avez seulement besoin d'étudier mieux et de travailler plus !
– D'accord, céda Nathan, un peu surpris par la réaction de son professeur.
Quelques minutes plus tard, Lindy et lui étaient en route vers leur maison. C'était une froide journée d'hiver, balayée par la bourrasque. Une violente rafale envoya la casquette de Nathan rouler dans la rue et il dut courir pour la rattraper.
Des rires moqueurs s'élevèrent dans son dos. Nathan se retourna : Ellen Hassler, Wardell Greene et Stan Garcia se tordaient de rire en le désignant.
« Voilà les grosses têtes », songea Nathan avec amertume. Il vissa sa casquette de base-ball sur son crâne et garda une main dessus en accélérant le pas pour rejoindre sa sœur.
Ellen, Wardell et Stan n'obtenaient que des 18/20.

M. Tyssling les appelait au tableau pour qu'ils résolvent les équations les plus compliquées.

Ils étaient inséparables. C'était comme s'ils avaient fondé une sorte de club des génies, où seuls les élèves doués étaient admis.

– Pourquoi, on ne serait pas intelligents nous aussi ? murmura Nathan.

Lindy fronça les sourcils :

– Qu'est-ce que tu racontes ? demanda-t-elle.

– Ce que j'ai dit à M. Tyssling était vrai, poursuivit-il. On n'est pas assez doués. Pourquoi on ne serait pas comme eux ?

Il désigna le groupe de l'autre côté de la rue.

– Ce sont tous des génies !

Lindy haussa les épaules et remonta le zip de son coupe-vent rouge et blanc.

– Je me fiche d'être un génie. Tout ce que je veux, c'est réussir en maths !

Brenda, leur petite sœur âgée de cinq ans, les attendait à la maison. Brenda était la version miniature de Lindy. Mêmes yeux verts, même teint pâle et de longs cheveux auburn.

– Qu'est-ce que vous faisiez ? J'attends, moi ! protesta-t-elle en croisant les bras.

Elle était à genoux sur le tapis du salon, au milieu

de petits éléments en plastique coloré.
– On a dû rester après les cours, répondit Lindy avec un soupir las.
Elle jeta son sac à dos sur un fauteuil.
– C’est quoi, ce bazar ? demanda Nathan.
– Ce n’est pas un bazar ! protesta Brenda. C’est ma nouvelle maison de poupée. J’attendais que Lindy rentre pour qu’elle m’aide à la monter.
– Et pourquoi Lindy ? s’exclama Nathan. Pourquoi tu ne me demandes pas à moi ?
– Parce que tu es bête, répondit Brenda sans hésitation.
– Hé ! protesta le grand frère, blessé dans son amour- propre.
Lindy pouffa de rire, pendant que Brenda continuait :
– Tu es nul ! Tu te souviens de la maquette de voiture que tu voulais construire ?
– Il y avait trop de pièces, grommela Nathan.
– Oui… et tu les as toutes collées à ton bureau, lui rappela malicieusement Lindy.
Les deux filles éclatèrent de rire.
– Ce n’est pas ma faute si le tube de colle était percé.
– En tout cas, je préfère que ce soit Lindy qui me

donne un coup de main, insista Brenda.
Elle se tourna vers sa sœur et ajouta :
– Maman a dit que tu m'aiderais.
– D'accord, d'accord, céda Lindy en s'agenouillant sur le tapis. Voyons un peu ce que nous avons là. Hé ! Il y a un million de pièces !
Nathan alla s'asseoir dans un fauteuil, une jambe par-dessus l'accoudoir :
– Allez, la fée du bricolage, montre-nous ce que tu sais faire !
– Mais tais-toi ! lança Brenda.
– Tais-toi toi-même ! riposta Nathan.
Il était de très mauvaise humeur. Visiblement, il n'avait pas apprécié que sa petite sœur le traite de nul.
Lindy prit la notice et parcourut rapidement les instructions.
– Il y a trop d'éléments, murmura-t-elle en fronçant les sourcils. Tu es sûre qu'il n'y a qu'une seule maison ?
– Mais oui ! Construis-la ! s'impatienta Brenda.
Lindy étudia le plan. Une fois déplié, il était aussi grand qu'une carte routière.
– Je… je ne sais pas par où commencer, avoua-t-elle bientôt.

– Ça, on dirait le sol, suggéra Brenda en lui tendant un long rectangle de plastique bleu.

– D'accord, on commence par le sol, fit Lindy en s'efforçant de repérer l'élément sur le plan.

Elle trouva deux pans de mur jaunes.

– Ça devrait s'emboîter, murmura-t-elle pour elle-même. Mais comment on fait ?

Elle tenta de les fixer sur les glissières qui entouraient le sol. Ça ne marcha pas. Elle essaya avec deux autres, sans plus de succès.

– Ce sont des plafonds ! protesta Brenda.

Nathan applaudit avec un rire réjoui.

– D'accord, Monsieur l'ingénieur, s'énerva Lindy. Montre-nous comme tu es doué. Moi, j'abandonne.

Nathan s'avança lentement dans la pièce d'une démarche assurée.

– Ça m'a l'air fastoche, commenta-t-il.

Il s'agenouilla à son tour sur le tapis et prit le sol des mains de Lindy ; mais lui non plus ne trouva pas les murs qui convenaient. Finalement, Lindy proposa de commencer par le toit et de descendre. Mais le toit était composé de trois éléments, et aucun des enfants ne trouva le moyen de les assembler.

– Finalement, c'est compliqué, avoua Nathan en ébouriffant ses cheveux bouclés.

Il ôta ses lunettes, les essuya, et reporta son attention sur les morceaux de plastique éparpillés devant lui.

– Regardez, les murs ont des petites languettes, dit-il. En poussant vraiment fort…

CRAAAC !

Tout le monde sursauta quand le plastique se brisa.

– Tu l'as cassé ! hurla Brenda en se relevant brusquement. Tu es nul ! Vous êtes vraiment trop bêtes tous les deux ! Je vais le dire à maman !

Et elle partit s'enfermer dans sa chambre en pleurnichant.

Nathan se tourna vers sa sœur.

– On n'a pas été bons, soupira-t-il.

– Ces instructions sont illisibles ! s'emporta Lindy. C'est trop compliqué !

Elle froissa rageusement le plan et le jeta par terre.

– Et c'est vrai qu'on est stupides, conclut-elle avec amertume.

Quand Lindy eut fini son récit, l'oncle Franck la regarda avec étonnement :

– Et c'est pour ça que vous êtes venus me voir ? Parce que vous vous trouvez bêtes ?

– Oui, confirma Nathan en remontant ses lunettes sur son nez.

Lui et Lindy n'avaient pas touché aux cookies que leur tante, Jenny, avait apportés au salon. Ils étaient tous deux assis devant leur oncle et gigotaient, mal à l'aise.

– On n'est peut-être pas totalement stupides, concéda Lindy, mais on n'est pas doués non plus.

– On n'est pas assez intelligents, en tout cas, ajouta Nathan.

L'oncle Franck demeura silencieux un instant, puis il se racla la gorge :

– Et en quoi puis-je vous aider ?

– Eh bien…, hésita Nathan.

– Tu es le génie de la famille, intervint Lindy. Et tu es un scientifique, n'est-ce pas ?

L'oncle Franck acquiesça de la tête, l'encourageant à poursuivre.

– Et tu travailles sur le cerveau ?

Il approuva à nouveau.

– Alors…, reprit Nathan, on s'est dit que tu aurais peut-être un moyen pour nous rendre plus intelligents, Lindy et moi.

– Est-ce que c'est possible ? ajouta Lindy avec espoir. Est-ce qu'il y a une solution ?

EXTRAIT

L'oncle Franck se frotta pensivement les joues.
– Oui, dit-il finalement. J'ai quelque chose qui pourrait marcher.
– Quoi donc ? demandèrent Nathan et Lindy, vivement intéressés.

L'oncle Franck se penchait en avant sur son siège pour répondre quand, brusquement, il se tourna en direction de la cuisine.

– Vous avez entendu ? demanda-t-il en fronçant les sourcils. Oh… ce doit être Jenny.

Il secoua la tête avec un petit sourire :

– C'est étrange. Depuis quelque temps, j'ai l'impression d'être observé sans cesse.

– Bizarre, fit Lindy en regardant à son tour vers la cuisine.

Elle ne remarqua rien d'anormal. L'oncle Franck haussa les épaules :

– Tous les scientifiques doivent penser qu'on cherche à voler leurs secrets.

Il remonta les manches de son sweat et renversa la

tête en arrière, plongeant dans une intense réflexion.

– Alors, tu vas nous aider ? insista Lindy.

– Oui… oui, je crois, répondit-il après un long silence.

Nathan se redressa sur sa chaise :

– Un truc qui va nous rendre plus intelligents, Lindy et moi ? Vraiment ?

L'oncle Franck approuva :

– J'ai travaillé là-dessus, mais…

Il regarda à nouveau derrière lui avec des airs de conspirateur.

– Mais c'est top secret… Et puis, ça peut être dangereux…

Lindy sursauta, et Nathan avala péniblement sa salive.

– Je ne sais pas, c'est peut-être trop risqué, reprit doucement leur oncle.

– Mais ça marche ? le pressa Nathan.

– Oh oui, répondit le scientifique. Je l'ai testé plusieurs fois. Je ne vous le proposerais pas sinon…

– Alors, on peut l'essayer ? demanda Lindy.

Leur oncle réfléchit pendant un temps qui leur parut interminable. Enfin, il se leva d'un bond :

– C'est d'accord ! Nous allons essayer !
Il leur demanda de rester au salon et disparut en chantonnant dans son laboratoire. Il en ressortit quelques minutes plus tard, toujours chantonnant, et s'enferma dans la cuisine.
Sa femme leva la tête de la liste de courses qu'elle était occupée à établir. C'était une petite femme blonde aux grands yeux noisette, toujours souriante.
– Alors, Franck ? Tu as terminé cet entretien top secret ? Je peux aller les voir maintenant ? demanda-t-elle avec l'air amusé.
Le scientifique lui enjoignit de parler plus bas et se dirigea vers le débarras. Il se mit à fouiller l'étagère des boissons et conserves. Jenny vint le rejoindre.
– Qu'est-ce qui se passe ? s'inquiéta-t-elle. Pourquoi sont-ils là ?
Franck poussa un soupir satisfait en dénichant une petite bouteille de jus de raisin. Il se tourna vers sa femme :
– Nathan et Jenny se sont mis en tête qu'ils étaient stupides.
– Comment ?
– Eh oui, fit-il avec un sourire désolé. Ils se plai-

gnent de ne jamais rien réussir et ils m'ont demandé si j'avais quelque chose pour les rendre plus intelligents.
– J'espère que tu leur as dit qu'ils étaient très malins et qu'ils n'avaient pas à se faire de souci ?
Franck posa un doigt sur la bouche de sa femme :
– Je vais faire en sorte de leur redonner confiance. Car c'est bien leur problème : ils n'ont aucune confiance en eux, et ils se sous-estiment.
– Et que comptes-tu faire avec ça ? demanda Jenny en posant les yeux sur le jus de raisin.
– C'est une ruse, confia-t-il. Je suis allé au labo et j'ai imprimé une étiquette sur mon ordinateur.
Il la sortit de sa poche. C'était marqué : « Concentré de cerveau ».
– Du Concentré de cerveau ? releva Jenny en fronçant les sourcils.
Franck eut un petit rire malicieux :
– Je vais leur faire croire que c'est un élixir secret qui rend plus intelligent. Bien sûr, ce n'est que du jus de raisin. Mais ça va les aider. S'ils sont persuadés qu'ils sont intelligents, ils le deviendront.
– Ça vaut la peine d'essayer, admit Jenny.
Elle alla s'occuper de Lindy et Nathan, pendant que son mari mettait son stratagème au point.

EXTRAIT

Le professeur Leroy colla avec soin son étiquette sur celle de la bouteille.

« C'est parfait, se dit-il avec un sourire satisfait. Nous voilà en présence d'un flacon de Concentré de cerveau. »

Il allait l'emporter au salon quand le téléphone sonna dans son laboratoire. Le scientifique déposa la bouteille sur la table et se précipita pour répondre.

À peine avait-il tourné les talons que les deux extraterrestres sortirent du débarras où ils se cachaient. Ils avancèrent dans la cuisine, laissant derrière eux des traces visqueuses sur le carrelage.

– C'est notre chance, mais il faut faire vite ! chuchota Gobbul en surveillant la porte fermée donnant sur le salon.

– Tu as vu les autres humains ? dit Morggul avec excitation. Ils ont l'air jeunes et forts. Si, en plus, on peut les rendre intelligents, ils feront d'excellents esclaves.

– Peut-être, déclara Gobbul en enroulant un tentacule autour du flacon de jus de raisin. Nous verrons bien…

Il se mit à dévisser le bouchon. Morgull le rejoignit, souillant le sol à chaque pas :

EXTRAIT

– Si on emporte les enfants comme esclaves, je veux dévorer le scientifique. Et sa femme. Je veux les manger vivants. La viande est bien meilleure quand elle crie.

– Cesse de penser avec tes estomacs, grommela Gobbul. On a encore du travail à faire.

Il alla vider le jus de raisin dans l'évier et prit une fiole dans une des poches de son ventre.

– C'est notre dernière dose d'activateur d'intelligence, commenta-t-il en versant le liquide pourpre dans le flacon du scientifique. Espérons que ça va fonctionner.

Il revissa le flacon et alla le reposer sur la table.

– Vite, retournons dans le débarras, dit-il en poussant Morgull vers leur cachette.

Avant de quitter la cuisine, Morgull jeta un dernier regard sur la fiole.

– On n'a encore jamais essayé l'activateur sur des humains. Il y aura peut-être des effets secondaires… Si ça se trouve, on va les tuer.

Gobbul poussa son acolyte à coups de tentacule.

– On verra bien, conclut-il.

Chair de poule®

1. La malédiction de la momie
2. La nuit des pantins
3. Dangereuses photos
4. Prisonniers du miroir
5. Méfiez-vous des abeilles
6. La maison des morts
7. Baignade interdite
8. Le fantôme de la plage
9. Les épouvantails de minuit
10. La colo de la peur (ancien titre : *Bienvenue au camp de la peur*)
11. Le masque hanté
12. Le fantôme de l'auditorium
13. Le loup-garou des marécages
14. Le pantin maléfique
15. L'attaque du mutant
16. Le fantôme d'à côté
17. Sous-sol interdit
18. La tour de la Terreur
19. Leçons de piano et pièges mortels
20. Souhaits dangereux
21. Terreur sous l'évier
22. La colère de la momie
23. Le retour du masque hanté
24. L'horloge maudite
25. Le parc de l'Horreur
26. La fille qui criait au monstre
27. Comment ma tête a rétréci
28. La rue maudite
29. Le fantôme décapité
30. Alerte aux chiens
31. Photos de malheur
32. Les fantômes de la colo
33. La menace de la forêt
34. Comment tuer un monstre
35. Le coup du lapin
36. Jeux de monstre
37. Nuits de cauchemar
38. Des appels monstrueux
39. Le souffle du vampire
40. Les vers contre-attaquent
41. Le mangeur d'hommes
42. La colo de tous les dangers
43. Sang de monstre
44. Abominables bonshommes de neige
45. Danger, chat méchant !

46. La bête de la cave
47. L'école hantée
48. Sang de monstre II
49. Terrible internat
50. La peau du loup-garou
51. Le jumeau diabolique
52. Film d'horreur
53. L'attaque des spectres
54. La fête infernale
55. L'invasion des extraterrestres, 1
56. L'invasion des extraterrestres, 2
57. Le manoir de la terreur
58. Cauchemars en série
59. Ne réveillez pas la momie !
60. Un loup-garou dans la maison !
61. La bague maléfique
62. Retour au parc de l'horreur
63. Concentré de cerveau
64. Sous l'œil de l'écorcheur

Impression réalisée sur CAMERON
par BRODARD ET TAUPIN
La Flèche
en mai 2000

Imprimé en France
Dépôt légal : septembre 2000
N° d'Éditeur : 6147 – N° d'impression : 2219